# 名偵探的守則

MEITANTEI NO OKITE

名探偵の掟

Higashino Keigo
東野圭吾

# 名偵探的守則

Contents

# 由不屈的堅持所淬鍊出的奇蹟

總導讀——林依俐

如果你問我，東野圭吾是位什麼樣的作家？

我會回答你，他是位不幸的作家。

你一定會覺得奇怪，光是以《嫌疑犯X的獻身》（二〇〇五）一書，便幾乎囊括了二〇〇六年日本推理文學相關獎項，同書在日本的銷售量更是打破五十萬大關的「暢銷作家」東野圭吾，怎會有什麼不幸可言？

在說明之前，請讓我先簡單介紹一下東野圭吾這位作家。

東野圭吾一九五八年生於大阪，大學畢業後進入汽車零件製作公司擔任工程師。由於希望在工作以外，也能在私生活之中有個較爲不同的目標，所以開始著手撰寫推理小說，投稿日本推理文學代表性的公開徵選長篇小說獎「江戶川亂步獎」。

這並不是東野第一次寫推理小說。早在他十六歲的時候，由於看了小峰元的作品《阿基米德借刀殺人》（一九七三，第十九屆江戶川亂步獎作品）大受感動，之後又讀了松本清張的《點與線》（一九五八）、《零的焦點》（一九五九）等作品。一頭推理熱的他便曾試著撰寫長篇推理小說，而且第一作還是以重大社會問題爲主題。然而由於完成於大學時期的第二作被周遭朋友嫌棄，「寫小說」這件事便從他的生活之中消失了好一陣子。

而獲得亂步獎的夢想讓東野重拾筆桿。在歷經兩次落選後，他的第三次挑戰——以發生在女子高中校園裡的連續殺人事件爲主軸展開的青春推理《放學後》（一九八五）——成功奪下了第三十一屆江戶川亂步獎。之後他很快地辭了工作，前往東京致力於寫作。自從一九八五年《放學後》出版以後，東野圭吾幾乎是每年都會有一到三部甚至更多的新作問世。他不但是個著作等身的多產作家，其筆下的內容也橫跨了推理、幽默、科幻、歷史、社會諷刺等，文字表現平實，但手法卻絲毫不拘泥於形式，多變多樣。

看到這裡，如果你對於近年的日本推理有一定程度的瞭解，或許你會聯想到宮部美幸——多采的文風、平實的敘述、充滿令人訝異的意外性；但是在兩者之間卻又有著決定性的不同。那就是——相對於宮部美幸出道約二十年來，陸續囊括高達十項的日本各式文學獎，筆下著作本本暢銷；東野圭吾卻是一直與日本的各式文學獎項擦肩而過，且眞正開始被稱爲「暢銷作家」，也是出道後過了十多年的事。

實際上在《嫌疑犯X的獻身》同時獲得直木獎與本格推理大獎，並且達成日本推理小說三大排行榜——「這本推理小說了不起！」、「本格推理小說ＢＥＳＴ10」、「週刊文春推理小說ＢＥＳＴ10」——前所未有的三冠王之前，東野出道二十年來所寫下的六十本小說（包含短篇集）裡，除了在一九九九年以《祕密》（一九九八）一書獲得第五十二屆日本推理作家協會獎之外，其他作品雖然一再入圍直木獎、吉川英治文學新人獎等獎項，卻總是鎩羽而歸。

在銷售方面，他也不是那種只要出書就大賣的暢銷作家。在打著「江戶川亂步獎」招牌的出道作《放學後》創下十萬冊的銷售紀錄之後（江戶川亂步獎作品通常都能賣到十萬冊），整整歷經了十年，東野才終於以《名偵探的守則》（一九九六）打破這個紀錄，而眞正能跟「暢銷」兩字確實結緣，則是在《祕密》之後的事了。

或許是出道作《放學後》帶給文壇「青春校園推理能手」的印象過於深刻，東野圭吾本人雖然一直想剝下這個標籤，過程卻不太順利。書評家往往不是很關心他在寫作上的新挑戰。這也難怪，在東野出道後兩年，也就是一九八七年，以綾辻行人等年輕作家爲首，提倡復古新說推理小說的「新本格派」盛大興起。從文風與題材選擇看來，東野圭吾作品用字簡單，謎題不求華麗炫目，內容既不夠社會派又不像新本格，自然不會是書評家們熱心關注的對象。

就這樣出道十餘年，雖然作品一再入圍文學獎項，卻總是未能拿到大獎；多少有機會再版，卻總是無法銷售長紅；傾注全力的自信之作，卻連在雜誌的書評欄都占不到個像樣的位置。

所以我才會說，東野圭吾是個不幸的作家。說眞話這何止是不幸，實在是坎坷，簡直像是不當的拷問。

在獲得江戶川亂步獎後，抱著成爲「靠寫作吃飯」之職業作家的決心，東野圭吾辭去了在大阪的穩定工作來到了東京。這個決定使得他沒有退路，不管遭遇什麼樣的挫折，都只能選擇前進。於是只要有機會寫，東野圭吾幾乎什麼都寫。

二〇〇五年初，個人有幸得以見到東野圭吾本人並進行訪談時，曾經談到關於他剛出道不久時，在推理小說的範疇內不斷挑戰各式題材時期之心境。他是這麼回答的：

「那時的我只是非常單純地覺得自己必須持續寫下去，必須持續地出書而已。只要能夠持續出書，就算作品乏人問津，至少還有些版稅收入可以過活；只要能夠持續地發表作品，至少就不會被出版界忘記。出道後的三、五年裡，我幾乎都是以這種態度在撰寫作品。」

不過畢竟是背負著亂步獎的招牌出道，畢竟是身處日本泡沫經濟蓬勃、推理小說新風潮再起的八〇年代後半至九〇年代，向其邀稿的出版社當然也都希望東野圭吾能夠以「推理」爲主題書寫。配合這樣的要求，以及企圖擺脫貼在自己身上那「青春校園推理」標籤的渴望，東野嘗試了許多新的切入點，使出渾身解數試著吸引讀者與文壇的注意。於是古典、趣味、科學、日常、幻想，在他筆下似乎沒有什麼題材不能入推理，似乎沒有題材不能成爲故事的要素。或許一開始只是爲了貫徹作家生活而進行的掙扎，但隨著作品數量日漸累積，曾幾何時也讓東野圭吾在日本文壇之中，確實具備了「作風多變多樣」這難以被輕易取代的獨特性。

是的，東野圭吾是位不幸的作家。但也因此我們才得以見到，那些誕生於他坎坷的作家路上，由歷經幾多挫折仍不屈的堅持所淬鍊而成，在簡素之中卻有著數不清面貌的故事。以讀者的角度而言，能與這樣的作家共處同一個時代，還眞是宛如奇蹟一般的幸運。

在推理的範疇裡，東野圭吾從不吝惜挑戰現狀。從初期以詭計爲中心的作品，漸漸發展出許多具有獨創性，甚至是實驗性的方向。其中又以貫徹「解明動機」要素（WHYDUNIT）的《惡意》（一九九六）、貫徹「找尋凶手」要素（WHODUNIT）的《誰殺了她》（一九九六）、貫徹

「分析手法」要素（HOWDUNIT）的《偵探伽利略》（一九九八）三作，可說是東野在踏襲傳統推理小說元素之下，卻又充分呈現了屬於現代風貌的鮮麗代表作。

而出身於理工科系的背景，也讓東野在相較之下，比其他作家更擅長消化並駕馭以科技為主軸的題材。像是利用運動科學的《鳥人計畫》（一九八九）、涉及腦科學的《宿命》（一九九〇）和《變身》（一九九一）、生物複製技術的《分身》（一九九三）、虛擬實境的《平行世界戀愛故事》（一九九五），還有之後以湯川學為主角展開的「伽利略系列」裡，東野都確實地將自己熟悉的理工題材，在分解組合後以最簡明的方式呈現在讀者眼前。

另一方面，如同「處女作是作家的一切」這句俗語所述，高中第一次寫推理小說便企圖切入當時社會問題的東野圭吾，由《以前，我死去的家》（一九九四）中牽涉兒童虐待的副主題為開端，對於社會人心的描寫，似乎也成了他作家生涯的重要課題。例如以核能發電廠為舞臺的《天空之蜂》（一九九五）、試探日本升學教育問題的《湖邊凶殺案》（二〇〇二）、直指犯罪被害人及加害人家屬問題的《信》（二〇〇三）和《徬徨之刃》（二〇〇四），都在在顯露出東野對於刻畫社會問題與人性的執著。

東野圭吾這種立足於推理，進而衍生至科技與人性主題上的寫作傾向，在發表於二〇〇五年的《嫌疑犯X的獻身》中，可說是達到了奇蹟似的調和，也因為這部作品，在二〇〇六年贏得各種獎項，讓東野圭吾正式名列「家喻戶曉的暢銷作家」之列。加上這幾年來，東野作品紛紛電視電影化，他的不幸時代成為過去，並站上前人未達之高峰。二十年來的作家生涯開花結果，創造了日本推理文壇近年來難得一見的奇蹟。

好了，別再看導讀了。快點翻開書頁，用你自己的眼睛與頭腦，去感受確認東野作品中理性與感性並存，而又如此引人入勝的獨特魅力吧！那將會勝於我在這裡所寫的千言萬語。

本文作者介紹

林依俐，一九七六年生。嗜好動漫畫與文學的雜學者。曾於日本動畫公司GONZO任職，返國後創辦《挑戰者月刊》並擔任總編輯，現任全力出版社總編輯，另外也負責線上共享閱讀平台ComiComi（http://www.comibook.com/）的企畫與製作總指揮。

# 序幕

我叫大河原番三，今年四十二歲，職業是縣警本部搜查一課的警部（*1）。每當命案發生，我便得率領部下趕往現場。

一如我顯赫的姓氏給人的印象，我在警署裡以相貌威嚴著稱，鼻子下方也留了小鬍子。只要我大吼一聲，那些新來的年輕巡查無一不像被下了定身咒般，全身僵硬，戰戰兢兢。

然而，像我如此優秀的警部，卻有個不便大聲嚷嚷的缺點。那就是——打從我當上警部，至今尚未親自揪出凶手。喔，當然，在警署的紀錄上，我可是解決過不少懸案，也抓到滿多罪犯，不然怎能連連當上搜查行動的指揮官。只不過，每次眞正解決懸案或逮捕眞凶的，其實另有其人。

那位仁兄，就是名聞天下的偵探——天下一大五郎。一身皺巴巴的西裝是他的招牌裝束，老是頂著一頭雞窩般的亂髮，手上還抓了根舊手杖。天下一總會找來所有案件關係人齊聚一堂，以一句陳年老詞「好了，各位」開場，接著滔滔不絕地說明他的推理，最後拿著手杖一指，大喊「凶手就是你！」搞不好滿多人都在電影中見過這場面吧。

即使你不清楚天下一是何方神聖，讀到這裡，聰明的讀者應該也知道我是誰了吧！是的，我就是這部「天下一探案」系列的配角，幾乎所有偵探故事裡都會出現、每次都被凶手的伎倆耍得團團轉的刑警……沒錯，那個小丑角色就是我。

或許有人會這麼想：「什麼嘛，當小丑不是很輕鬆嗎？」

這個角色既不必親自找出凶手，沒掌握到破案關鍵也無所謂，只要隨便抓幾個關係人來懷疑一下就好，多麼輕鬆愉快的工作啊——各位讀者一定這麼覺得吧？

錯了，大錯特錯。

沒有比這更辛苦的工作了。各位稍微想想就不難理解，這是比當偵探辛苦幾百倍的差事。

首先，關於「不必找出凶手」這一點，換個說法，就是「絕對不能找到凶手」。原因應該用不著我贅述吧？找出凶手是主角天下一的工作，要是我在劇情最高潮到來之前破案，主角就沒戲唱了。最致命的是，這樣根本寫不成推理小說。

同樣的道理，我不得不刻意忽略破案的關鍵線索。隨便找幾個關係人來懷疑倒是無妨，難就難在，我就算用猜的也絕對不能猜中凶手是誰。

這樣各位明白我受到的限制是多麼苛刻了吧。就算是**歪打**，也不能正著，像我這種配角是絕對不能接近眞相的。

那麼，想請教各位一個問題：爲了不接近眞相，我該怎麼辦？

沒錯！如各位所想——只要早早解開眞相，然後迴避就好。換句話說，其實我每次都比主角名偵探天下一先找出凶手，才避得開他的正確推理，演出我應有的言行舉止。

拿上次的案子來說吧。那是一起連續殺人命案，發生在一處人煙稀少的深山小村莊，凶手下

＊1 日本的警察組織，階級由下往上依序爲巡查、巡查部長、警部補、警部、警視、警視正、警視長、警視監，最高階級爲警視總監，爲警視廳的本部長。

手極爲殘虐，被害者共三名，都是年輕女性。不過，凶手眞正想殺的只有當中一名，卻擔心如果光殺她一人，持有動機的自己一定難逃嫌疑，所以又接連殺了兩個女人來掩飾殺機。眞不知該說這個人是腦袋有毛病，還是想法太不切實際，總之是非常殘忍的案子。

凶手是村中大富豪龍神家的遺孀，看她美麗又文靜，還常捐款做慈善，很難想像她會殺人。然而，命案一發生，我馬上察覺這個女人十分可疑，於是在讀者視線所及之處，我都盡量表現出一副不曾懷疑她的模樣。不過，在讀者看不見的地方，我可是竭盡全力嘗試各種科學辦案的手法，試圖找出確鑿的證據，證明她就是凶手。當然，這部分的努力不能讓讀者諸君瞧見。在讀者面前，我一如往常對著鄉下老巡查大呼小叫，裝出拚命尋找傳說中失蹤二十年的殺人狂，即使心知肚明根本不存在這號人物，聽著令人毛骨悚然的傳說，仍得表現出驚恐的神色。

撐到科學辦案有成、眞相查明之後就輕鬆多了，只要不抓到凶手，要幹麼都行。所以，我先逮捕一個明顯懷有殺人動機、怎麼看都很陰陽怪氣的男子，當然，沒多久就會證明他的清白。接著，我又抓來一名花花公子，這傢伙也是清白的，自然不久又得釋放他，於是我交抱雙臂照念以下臺詞：

「到底是怎麼回事？我眞是拿這件案子沒轍！」

就在我按著上述步驟打發時間之際，系列主角名偵探天下一也一步步進行搜查。

不是我嫉妒他，他的角色眞好演。不僅能將所思所想直接付諸行動，也能傾全力找尋線索，從失敗中抽絲剝繭找出眞相，而且整個過程都將成爲小說的內容。有時他完全找不到線索陷入困境，我還得不著痕跡地將重要情報交到他的手中。

不過，身爲系列主角的名偵探，行動難免受到一些限制。即使故事進行到一半就知道凶手是誰，在最後一名被害者出現之前，他仍必須繼續裝傻當成不知道。爲了讓整篇故事高潮迭起，他不得不忍耐啊。

近來，讀者都看推理小說看成精，明明眞凶的安排還算有點意外性，讀者卻絲毫不驚訝。依我的觀察，讀者根本打一開始就放棄從細微線索來進行推理，直接從「誰最不像凶手？」的角度審視所有登場人物，最誇張的是，這麼做有相當高的機率猜中凶手。對這些讀者來說，像之前的龍神家遺孀大概就是最可疑的了。我和天下一承受著讀者這樣冷淡的視線，還得假裝我們做夢也沒想到她是凶手，想想實在滿糗的。讀者諸君或許看得不耐煩，其實我們也不好受。再說，天下一擔任結局揭曉謎底的工作，多少能扳回些面子，哪像我，直到最後都得硬著頭皮擠出一句「哎呀，眞是做夢也沒想到，那麼美麗的女子竟是殺人凶手！」

總之，當推理小說的配角是很辛苦的，不過，這一切似乎在今天就能告一段落。

回頭想想，我當了好長一段時日的配角啊！一閉上眼，過去的種種離奇案件都宛如昨天剛發生，簡直歷歷在目。

想當然耳，最先浮上腦海的，正是那起密室殺人案——

# 第一章

## 密室宣言——詭計之王

第一章就拿這種毫無創意的橋段開頭，眞是不好意思。電話鈴響起，我還在被窩裡，拿起黑色話筒一聽，値班刑警難掩慌張的話聲就這麼闖入我耳中。

「警部，出事了！奈落村發生殺人案！」

「什麼!?」我猛地掀起棉被。

奈落村，一座位於很深很深很深的深山裡的村落，我帶著部下跳上吉普車往村子疾駛而去。通往奈落村的山路沒鋪柏油，顚簸的路面積著昨晚下的雪，害我一路在車內搖來晃去，頭撞到車頂蓋好幾次。

前來迎接我們的是一名步履蹣跚的老巡查，看他怪模怪樣地舉起手放在鬢邊，還以爲他想幹麼，原來是在對我們敬禮。聽說這個站都站不穩的老爺爺是唯一的駐村警察，我的老天，這村子根本就是犯罪者的天堂嘛，至今從未發生命案只能說是奇蹟。

老爺爺立刻帶我們前往案發現場，那裡早聚集許多看熱鬧的村人，見我們走近，紛紛退開。

「喔喔，警察大人來了！」

「交給警方就沒問題啦！」

「瞧！那位一定是總指揮官吧，鼻子下方還留著小鬍子，果然威嚴十足。」村人望著我竊竊私語，我的心情頓時變得輕飄飄。

「好了、好了，各位讓一讓！」數十年來沒碰過像樣案件的老巡查，當成一生一次的大舞臺，賣命指揮著。

我們穿過湊熱鬧的群眾，來到案發地點，一看到眼前的景象，不禁發出驚嘆。

那完全是標準本格推理小說的場景。

白雪覆蓋著寬廣的田園，在那片瑞雪之上，留有點點腳印。仔細一看，那些腳印似乎是好幾人往來雪地留下，而在數道腳印的盡頭，矗立著兩棟比鄰的古老平房。

煩死了，不會又是「那個」吧。我有股不祥的預感。

「死者是住在左邊屋子的作藏。」老巡查說：「發現屍體的是住右邊屋子的鐵吉。」

「這些腳印是誰留下的？」我問老巡查。

「一開始的腳印是鐵吉的，他一發現作藏的屍體，連忙衝出去通知其他人，於是穿過雪地。」

「其他的腳印呢？」

「是我和鐵吉留下的。」老巡查不知爲何挺起胸膛，「接到鐵吉的報案，我研判必須立刻前往現場，便和鐵吉一起穿過雪地去到作藏屋裡。現場狀況一如鐵吉所述，確認之後，我們又一道走回來。」

「所以，雪地上共有五組腳印。」

老爺爺想了好一陣子才回答：「沒錯！」

「鐵吉在哪裡？」

「呃，應該就在……啊，在那裡！在那裡！」

一臉落腮鬍、長得像隻熊的男子緩緩走出人群。

「好，」我望著部下，「我們去命案現場看看吧。鐵吉，你也一道。」

「請等一下。」就在這時，圍觀群眾中傳出熟悉的聲音。我回頭一瞧，一名身穿皺巴巴西裝、頂著一頭亂髮的男子，拿著手杖站在那裡。沒錯，這位就是本系列推理小說的主人翁——天下一大五郎。我不禁嘆了口氣。

「又是你啊！你跑來這裡幹麼？」

「大河原警部，好久不見。我有個朋友住在這村子，昨天是他的結婚典禮，我收到喜帖。」

「哼哼，是嗎？不過，這不是外行偵探插得了手的案子，到一邊涼快去吧。」我照慣例來上這麼一句。

雖然在一些偵探小說裡，會見到積極尋求偵探協助的配角警官，演出讓人不禁想大罵「世上哪有這種警察啊」的荒唐情節，但在「天下一探案」系列裡，基本上沒那回事。

「我不會妨礙警方搜查，告訴我一件事好嗎？在鐵吉先生穿過雪地之前，積雪上是否有其他腳印？」

我看向鐵吉，他搖搖頭說：「沒有啦！」

「嗯，這麼說來……」天下一盤起胳膊。

「還不到時候。」我悄悄湊近他的耳邊：「現在還不能確定就是『那個』，要是凶手在下雪前就逃走，雪地上不會留下腳印。」

天下一一聽，當場鼓起腮幫子，氣呼呼地反駁：「我什麼都還沒說。」

我拍拍天下一的肩，「我瞭解、我瞭解。別擔心，『天下一探案』系列故事裡一定會出現詭計。我直覺啊，這次的謎團十之八九就是『那個』啦。等一下最主要的謎團應該就會出現，到時候你便能大聲宣布，是你最愛講的『那個』。」

「我才沒有最愛講『那個』呢！」天下一生氣了，「哪個偵探會喜歡那種陳年老梗！」

「少來，別裝啦。」

「我是說眞的啊！」

天下一鬧彆扭時，部下走過來。「呃，警部，我們差不多該行動了。」

我慌忙離開偵探身邊，乾咳一聲：「啊……那就請你不要妨礙我們搜查，知道嗎！」

「請放心吧。」天下一換上笑臉點點頭。

作藏家撞壞的大門敞開，頂門棍落在一旁地上。我只瞄棍子一眼，便裝成沒看到，直接走進屋內。

作藏倒在火爐旁，頭顱被打破，一把染血的砍柴大斧就扔在他身邊。從現場狀況研判，凶手應該是趁作藏在火爐旁取暖時，持斧頭從背後偷襲。

但我更在意的是牆上的血跡，與其說那是鮮血飛濺，更像是刻意塗上去。

「鐵吉！」我喚他過來，「麻煩你詳細說明發現屍體當時的狀況。」

於是，鐵吉嘰嘰咕咕開始說明。今早六點，他來找作藏一起去幹活，每到冬天他倆總是一道出門，前往燒炭小屋上工。然而，鐵吉打不開作藏家大門，無論怎麼叫喊，門內都無聲無息。鐵吉跑去窗邊，往屋子裡一瞧，赫然發現頭破血流的作藏倒在火爐旁。

「等一下，」我頻頻向天下一使眼色，一邊問鐵吉：「門爲什麼打不開？」

「作藏昨晚睡前可能拿頂門棍頂住大門，雖然我們村子裡沒有小偷啦。」

「頂門棍啊……」我走回大門口，裝出現在才發現地上有根棍子，撿了起來。「原來如此，他就是拿這根棍子頂住門吧。」

「我和鐵吉抵達的時候，這扇門毫無動靜。」老巡查說：「我們便合力把門撞開。」

「這屋子沒有其他出入口嗎？」我問了一個想也知道答案的問題。

「沒有。」老爺爺答道。

「喂喂，這太荒謬了吧？要設置頂門棍，在屋內才辦得到耶！這麼說來，你們闖入時，凶手還在屋裡？」

老巡查和鐵吉同時瞪大眼。

「絕對沒這回事！我和鐵吉一進屋就仔細搜過一圈，這麼小的屋子，哪藏得住人？」

「這樣就說不通啦。」

「可是，沒人就是沒人啊！」

現場一陣沉默，大家都很清楚這個時間點該輪到誰開口。我的視線轉向天下一，他卻一逕沉著臉。

我走到他身邊，湊近他耳邊低語：「你在幹麼，這不是名偵探最喜歡的場面嗎？趕快發表那個宣言吧，想講就快講！」

「我沒有很想講。」

「好啦、好啦，總之隨便講一講，趕快結束吧。就是那個喔，一成不變又厚顏無恥的宣言。」我回到先前的站位，向天下一使了個眼色示意他開始。雖然一臉不甘願，天下一還是向前踏出一步。

「警部，還有各位……」所有視線頓時集中在天下一的身上，他似乎快哭出來了，不過他忍住淚水，自暴自棄地說：「這是一起完美的密室殺人案件！」

喔喔！大家很有默契地發出誇張的驚嘆。

「密室宣言」就這麼被宣告了。

我擔任「天下一探案」系列的配角好幾年了。期間確實發生不少辛酸事，但這陣子我最頭痛的，就是密室詭計。每當見到密室案件發生，老實說，我只覺得心情沉重，厭煩至極。

縱使我暗自抱怨著「夠了吧！現在這種時代，誰還吃這一套？」，密室詭計仍每隔一陣子就會出現在推理小說裡。

從最典型的密閉房間內殺人案件，到以無人荒島，甚至宇宙空間爲舞臺（我個人是沒碰過這種啦），雖然有各式變化版本，但說到底，全是密室詭計。每次名偵探都得找機會發表密室宣言，我們這些配角也得配合做出驚訝的表情。

其實，我們一點都不驚訝。

這感覺就像是一而再、再而三被迫觀看同一套魔術，差別只在於機關設定的手法，換湯不換藥的戲法根本沒什麼好驚訝的。比如「美女飄浮在空中」的魔術，即使魔術師屢屢更換手法讓美女飄浮起來，觀眾看太多次也會膩。

但密室詭計仍肆無忌憚地一再出現。

究竟是爲什麼？

有機會的話，我實在很想問問讀者諸君。各位先生、各位小姐，你們眞的覺得「密室殺人案件」的故事很有趣嗎？

十分遺憾，我在這裡無法聽見大家的聲音，但我相信大家一定會回答「很無趣」。畢竟連我們這些登場人物都嫌煩，掏錢買書的各位當然更不可能滿意。

爲什麼沒人注意到這件事？

眞是不可思議。

案發後不過數小時，我逮捕了鐵吉押至派出所。

「快承認吧，我知道是你幹的。」

「我什麼都沒做啦！」

「少裝蒜，全村的人都曉得你和作藏交惡，為了田地歸屬的問題成天吵架，你是一時衝動殺了他吧。」

「我不知道啦！我沒有殺人啦！」

此時，老巡查走過來。「警部，村裡謠傳作藏是遭到報應，搞得人心惶惶，該如何是好？」

「遭到報應？」

「是的，村人都聚集到壁神家，能不能請警部去向大家說句話，平息這場騷動？」

「那個壁神家，就是昨晚舉行婚禮的人家吧？」

想也知道，壁神家正是全村最有錢有勢的大富豪，而昨晚成親的就是壁神家的獨生子辰哉，與隔壁村的小學老師花岡君子。偵探天下一口中的友人，看來就是這位壁神辰哉。

「可是，遭到報應跟壁神家有什麼關係？」

「呃，這是因為，我們村子有個奇妙的傳說——如果地主的兒子和別村的女孩結婚，牆壁裡的神怪便會跑出來作祟，報復村人……」

「神怪從牆壁裡跑出來？」

所以，地主才會姓壁神啊……但這種話說出口實在太蠢，我還是吞了回去。

「作藏是新娘的遠親，撮合這段姻緣的就是他，村人都認為一定是牆壁裡的神怪不滿意這樁婚事，跑出來殺了作藏……大家很怕遲早會殃及自己，全衝去壁神家，吵著要他們取消婚事。」

「都什麼時代了，還有這種無聊的迷信？」我不禁失笑。

「是報應，沒錯啦！」不知怎地，鐵吉著魔般呢喃：「警部，您也看到，作藏家的牆壁上不是有一大片血跡嗎？啊啊，一定是壁神大人發怒啦！」

「少胡說八道，你是想擺脫罪嫌才扯到傳說上頭吧。」

「才不是！」

「荒唐，哪來什麼作祟不作祟的。」

「可是，警部……」老巡查插嘴：「如果眞是鐵吉殺的，血應該會濺得他渾身都是。但他來報案時，衣服上沒有任何血跡。」

老爺爺年紀雖大，卻一語切中要害，我不禁有些慌了手腳。

「沒、沒有血跡？換件衣服不就沒血跡了？所以……所以我要去搜鐵吉的家！一定搜得出染血的衣物！」

「搜不到那種東西啦，人又不是我殺的。」

「看來，偵察進行得不太順利。」這時，偵探天下一悠然登場，搔著那頭亂髮，笑得好燦爛。

「呿！」我不屑地哼一聲，接著吐出那句老臺詞：「外行偵探滾一邊去！」

「別這麼說嘛，我是來替鐵吉先生辯護的。我能理解警部逮捕鐵吉先生的根據，但你這樣正好中了兇手的詭計。」

「你知道我爲什麼要逮捕鐵吉？」

「當然，你一定認爲唯有鐵吉先生穿過第一重……呃，第一重密室，才逮捕他，對吧？」天下一講到「密室」二字，微微臉紅。

「第一重密室？」我不禁反問。不單是我，老巡查與鐵吉也一臉茫然。

「就是雪地！」天下一有些焦急地說：「巡查趕往現場時，雪地上只有鐵吉的腳印。凶手如果是鐵吉以外的人，要怎樣不留腳印離開現場？這不正是……正是……密室嗎？」

「你說這個啊。」我好不容易聽懂他在講什麼，「但這部分不成問題。根據驗屍結果，作藏的死亡時間是在下雪之前，凶手當然不會在雪地留下腳印。我逮捕鐵吉，是他有充分的殺人動機的緣故。」

「下雪之前……哦，這樣啊。」天下一似乎頗爲落寞，接著像要力圖振作似地咳了兩聲，開口：「可是，還有一件事依舊無法解釋！作藏家大門內側以頂門棍頂住，在這種狀況下，凶手又是如何離開現場？這正是……就是……那個……」

「密室啦。」

「是的。」天下一頷首應和。

我撫著下巴，「對，這的確是個謎。」

「什麼『是個謎』啊？這是本回故事的重點！大河原警部，麻煩再表現得更誇張些好嗎？」

「話是這麼說，」我不禁苦笑，「可是我都這把年紀了，還要我嚷嚷密室之類的，眞有點害臊。那些誇張的表現就交給你吧！反正最後謎團是你要解決的。」

「你怎麼這樣……」天下一滿臉沮喪，「的確，最後一幕是避不掉的，我也會負起責任說明案情。不過，在結局到來之前，要是沒人幫我炒熱氣氛，我很難辦事。」

「我明白你的心情，只是現在都什麼時代了，還要炒熱『密室』，實在痛苦。」

「別再抱怨了，最苦的是我。」

「眞的那麼苦嗎？」

「當然！解什麼密室……啊啊，我實在不想幹了，這下又要被推理迷和書評家當成笑柄！」天下一嗚嗚哭了起來。

「好了、好了，別哭，我來炒熱氣氛就是了。」我重振精神，裝模作樣地開口：「嗯，你說密室是吧？我也打算朝這方向展開偵察，再怎麼說，呃，這個……這個密室可是相當棘手的大謎團。」講出這些令人害臊的話，我不由得出了一身冷汗。

「沒錯，這次的謎團相當棘手。」天下一振作精神，「只要解開密室之謎，命案就能偵破。」

「那麼，你有頭緒了嗎？」

我一問，天下一以手杖敲敲地板：「是有一點。」

「那就快告訴我！」

「不，時機尚未成熟。」他擺擺手，「還不能公布。」

其實他只要現在乾脆點，把該講的全講出來就破案了，但如此一來，故事便頓時沒了著落，所以不得不裝得神神祕祕，我也識相地沒再追問。

「這樣啊，那就算了。」

「警部，能不能帶我去一趟壁神家？我想調查一些事情。」

「哼，好吧。」

我將鐵吉留在派出所，帶著天下一前往壁神家。明明是個看不起外行偵探的警部，有時卻會突然積極協助探案，這是「天下一探案」系列的特色之一。請別指責這種沒節操的修正主義，不這麼做，劇情實在走不下去。

抵達壁神家，一如老巡查所說，屋子四周全是前來抗議的村民。我們穿過人牆，進到大宅裡。

壁神家的當家是早年喪夫的小枝子夫人，年輕貌美，很難想像她有個適婚年齡的兒子。不過，辰哉的確不是她親生的，她是辰哉的後母。

「夫人，這次真是事出突然，好端端一場婚禮，卻被命案搞得一團亂。不過，請放心，我們……不，我一定會馬上抓出凶手！」

「麻煩您多費心了。」小枝子夫人有禮地低頭致謝，「村裡的人怎麼說我的不是，我都忍得下來，只是可憐了我們家這對相戀結合的年輕人。」

「是，我明白夫人的感受。」我頻頻點頭。

看到這裡，各位讀者恐怕會覺得這位小枝子夫人十分可疑吧。在古典推理小說裡「見到女人就懷疑」的公式，完全適用於此。我很清楚這是常識，但畢竟我只是配角，無論如何都不能懷疑她。

見過小枝子夫人後，我們接著找上昨晚剛嫁進門的花岡君子。她也是個美人，儘管和遇害的作藏是遠房親戚，她似乎不怎麼傷心。

「作藏屋裡是不是有密道之類的？」天下一問得唐突。

「密道？沒有啊。」君子搖搖頭，「為什麼這麼問？」

「其實，作藏……」天下一吸了一大口氣，演戲般做作地說：「是在密室狀態下被殺的。」

「密室……」君子一臉困惑地悄聲問：「請問……什麼是密室？」

天下一差點沒昏倒，「妳不知道什麼是密室？」

「對不起，我見識淺薄……」

天下一只好一邊喃喃抱怨，一邊解釋何謂密室。

「哦，就這麼回事啊。」聽完天下一的說明，君子哼笑幾聲。「有什麼好大驚小怪的？」

天下一的太陽穴一帶浮起青筋，「要是解不開密室之謎，這案子是破不了的。」

「是嗎？」君子顯得很意外，「那種謎團大可留到最後再處理，只要抓到凶手，再問他是怎麼弄成密室的不就得了？雖然我對謎底不怎麼感興趣。」

在一旁聽著的我不禁咋舌，年輕女人果然難搞。然而，君子大剌剌地繼續講下去：

「說實在的，以詭計吸引讀者這套早就過時了。這是密室之謎？呵呵，眞是老掉牙到讓人連嘲笑都懶得笑。」

天下一面色鐵青，僵在當場。

故事繼續發展，眼看就要邁向結局，被害者已高達四人。沒辦法，按照推理小說的公式，警方的搜查得慢半拍才行。

包括鐵吉在內，我抓了三個人，都是些怎麼看都不可能是凶手，或明顯就是用來誤導讀者的角色。當然，偵察照例遇上瓶頸，我一如往常念出老臺詞：「到底是怎麼回事？我眞是拿這案子沒轍！」

接下來就輪到天下一解謎。

主要角色聚集在壁神家的大廳，我也沒缺席，不過就在此時，發生一件麻煩事。

天下一突然鬧起彆扭，說不想解這種謎。

「拜託，到這個節骨眼，大家都等著你解謎。」我試著哄他：「而且，讀者也很期待。」

「那我只要宣布凶手是誰就好了吧。」

「別開玩笑了，這篇小說主打的宣傳文案可是『密室殺人』，不解開密室之謎，讀者會翻桌。」

「才不會。」天下一雙手插進口袋，踢著地面：「讀者根本覺得密室不算什麼。」

「讀者不會那麼想啦！好了、好了，快進大廳去吧，主要角色都等得不耐煩了。」

「哼，那些人也很過分，這次的調查過程中，我一提到『密室』，他們都明目張膽地笑出聲。尤其是當我說出『密室是詭計之王』，駐村的老巡查竟笑到噴飯，太可惡了。」

「你說了『密室是詭計之王』？」

「說了。」

我本來想接一句「那當然會笑到噴飯啊」，不過還是算了。

「總之，你今天就委屈一下，趕快把謎團解一解吧，我會要大家安靜聽你講話。」

「但讀者可能會看到想撕書。」

「好啦、好啦，我先進大廳等你。」

我一進到大廳登時挺起胸膛，神情一變，傲慢地坐下，環視眾人之後開口：「哼，我倒要看看那個外行偵探能查出什麼名堂。」

天下一隨後進來，眾人的視線集中到他身上。

「好了，各位。」他說著那句我再熟悉不過的臺詞，「請容我爲大家釐清這起命案的眞相。」

天下一先從作藏之後的三名被害者分析。他說一大串，重點就是，這三人知道凶手的身分，恐嚇凶手反遭殺害。

「至於凶手爲什麼要殺作藏？因爲作藏知道凶手當過流氓，凶手爲了隱瞞過去，便利用壁神傳說殺了作藏，將血液塗在牆壁上故布疑陣，並將現場布置成密室……」

天下一講到這裡，站在大廳角落的小枝子夫人突然吞下預藏的藥物，在眾人的驚呼聲中，口吐鮮血倒地。

「媽媽！」辰哉奔向小枝子夫人抱起她，「媽媽，妳這是何苦？」

「辰哉……媽……對……不起你……」小枝子夫人就這麼斷氣。

「難道媽媽……媽媽是凶手？」

「怎麼可能！」

「太悲慘了吧……」

「沒想到凶手竟是夫人！」

驚訝與惋惜聲此起彼落，還有人當場大哭，整個大廳亂成一團。

我回過神，往旁邊一看，只見天下一呆立原地。他謎才解到一半，凶手就自殺，這下尷尬了。

「大河原警部，」天下一茫然地說：「我可以回家了嗎？」

「不行，」我扯住他的褲管，「你還沒解開密室之謎。」

天下一哭喪著臉，「現在這樣亂糟糟的，還解什麼謎！」

「沒辦法，你隨便說兩句盡快解決吧。」

天下一垂頭喪氣地望向大廳內的村民，大家都忙進忙出的。

「各位，我要解釋密室之謎了。」天下一終於下定決心開口，卻沒人聽他說話，只有一名老婆婆回過頭，朝天下一的方向擤了個鼻涕，又轉過頭。

「案發當晚下著大雪，這次的詭計就是利用雪。凶手看準會下大雪才動手。」

「喂，那邊好像在演講。」

「就是那個演偵探的啦，他在解釋密室之類的。」

「喔，那就沒什麼好聽的了。」

「總之，先將遺體搬離大廳吧。」

村裡青年團的年輕人搬動小枝子夫人的遺體，其他村民紛紛回家。

「作藏家的房屋結構相當老舊，屋頂只要一積雪，整棟建築就會被壓得歪斜！」天下一放聲大吼，但全場只有我和老巡查在聽他說話。其實，老巡查早就打算隨大家離開，是我硬抓住他的手臂，不讓他跑掉。

「沒錯，就是屋頂上的積雪製造出密室！雪的重量壓得屋子歪斜，導致大門無法打開。凶手就是利用這一點，臨走前故意將頂門棍扔在門邊，誤導警方研判門打不開是由於頂門棍頂著。事實上，頂門棍根本沒頂過門，門無法打開完全是雪的關係！這就是……這就是密室的眞相！」

天下一的解謎告一段落，大廳裡只剩我和老巡查，村民都走光了。

「喔喔，原來是這樣。」我連忙感嘆一下，「我完全沒發現這一點，看來這次功勞又被你搶走了呀，天下一！」

我以手肘推了推老巡查，示意他發表感言。老爺爺於是慢條斯理地抬起頭，望著天下一說：

「呃……你是指，大門打不開是屋子被積雪壓歪了？」

「差不多是這個意思。」

「這樣啊……」

我有不祥的預感——這個老頭子，該不會講出不該講的話吧！就在我這麼想的同時，那句禁忌的話語從老巡查的嘴裡吐出。

「可是……這很重要嗎？」

「很重要嗎……唔，也就是說……」一陣尷尬的沉默之後，天下一終於哇哇大哭。

唉，又是這種難以收拾的局面。

被迫閱讀老掉牙謎團的讀者確實可憐，但不得不去解開謎團的偵探，其實也挺痛苦的。

# 第二章

## 意外的凶手——WHODUNIT

牛神邸發生凶殺案！一大清早，我就接獲這則消息。

依照慣例，身爲縣警本部搜查一課警部的我——大河原番三又得出場。雖然讀者都很清楚，這並不代表我將解決這起案子，就連等一下會遇到的案件關係人，對我的活躍也不抱任何期待。

牛神邸是坐落深山的北歐式獨棟建築，被害者牛神貞治據說是有名的油畫畫家，但我從未聽過他的名字。

我們趕到現場時，已有五名男女聚集在歐風大廳裡。

「那些人是什麼來頭？」我問當地巡查，一邊斜眼打量著坐在昂貴牛皮沙發上的五人。

「他們都是昨晚待在牛神邸的人，包括一名幫傭，兩名牛神貞治的親屬，另外兩名是向貞治學畫的徒弟，還有一人……」年輕巡查左顧右盼，「奇怪，還有一人跑去哪裡？」

「不是五人嗎？還有一人？」

「是的，還有一名詭異的男子。」

「不管了，先帶我去命案現場吧。」

牛神貞治是在畫室裡遇害，畫室位於牛神邸的別館，與本館有點距離。兩館以一道長廊相連。

我隨著巡查來到畫室，一進門就看見倒在中央的屍體，不過，我更在意的是室內的狀況——窗玻璃全被打破，地板上到處是玻璃碎片。不單是窗戶，置物櫃的玻璃門也碎個精光，無一倖免。畫架上的畫布割得破破爛爛，無法辨認原本畫了什麼。

「這是怎麼回事？爲什麼搞得像颱風過境？」話說完，我正打算搔頭，房間角落傳來窸窸窣窣的聲響。仔細一看，堆放在角落的畫布中，一名穿著皺皺格子西裝的男子正鬼鬼祟祟地東翻西找。

「喂，」我朝男子的背影吼道：「你幹什麼？現場禁止閒雜人等進入！」

男子轉過頭，「哦，這不是大河原警部嗎？眞是辛苦了。」

「啊，你、你是……」我裝出吃驚的模樣。沒錯，這名男子正是天下一大五郎，本系列作中必定會登場的偵探。「你爲什麼會在這裡？」

「我接到牛神大師的委託，昨晚就來叨擾。」

看來，剛剛巡查口中那名「詭異的男子」就是這傢伙。

「牛神貞治委託你調查？調查什麼？」

「照理，偵探不得透露委託內容，但現在沒必要保密了。牛神大師覺得有人企圖置他於死地，所以委託我幫他揪出這名危險人物。」

「什麼！你說的是眞的嗎？」

「我騙你幹麼？」天下一一派輕鬆地甩著手杖。

「他是怎麼說的？爲什麼覺得有人要暗算他？」

「牛神大師說，第一次感受到威脅，是在睡午覺的時候，脖子被緊緊勒住，無法呼吸，他掙扎著醒來，凶手已不見蹤影。第二次則是被下毒。大師正要往咖啡裡加糖，突然發現砂糖結晶對光的反射不尋常，懷疑摻了毒，之後證實果眞混入倉庫裡的園藝用農藥。」

「發生這種事，牛神爲什麼不聯絡警方？委託你這種外行偵探，搞到連命都送掉了。」

「大師也報了警，只不過，警方認爲尚無遇害事實，遲遲沒有動作，對他一副愛理不理的態度，所以他才會找上我。」

「唔……」聽到天下一這番話，我只能苦著臉，催促身邊的部下：「喂，你們慢吞吞的幹什麼？還不快點去檢查屍體！」

牛神貞治一身工作服仰臥在地，衣服上滿是油畫顏料，胸口插著一把刀。那是唯一的外傷。

「警部，請看。」部下拾起一個四方形座鐘，鐘面玻璃被打破，指針停在六點三十五分。

「這就是行凶時間嗎……不，可能是凶手爲了誤導警方設下的障眼法。最先發現屍體的是誰？」我問部下，回答的卻是天下一：

「是幫傭的阿米嫂。不過，昨晚在這棟宅邸裡的所有人，都算得上是第一目擊者。」

「怎麼說？」

「昨晚六點半左右，也就是這個座鐘壞掉的時刻，慘叫聲響徹整棟宅邸，聽起來很像是牛神大師的聲音，之後接二連三傳來玻璃破碎聲。我聽到房門外的騷動，趕緊起床，其他人也陸續走出自己的房間。大家正面面相覷之際，又傳來阿米嫂的慘叫，於是我們衝往這間畫室，發現了屍體。」

「這樣啊……」我撫著脣上的鬍鬚思考一會，吩咐部下：「就這麼辦吧，先聽聽這些關係人怎麼說。將他們分別帶來這裡！」

部下應了聲，立刻前往本館帶人。目送部下的身影遠去，我回頭望向天下一，咧嘴一笑：

「看樣子，這次案件的重點在於『找尋凶手』，還好命案現場不是密室。」

「是啊，我也鬆一口氣。」天下一微微一笑，「假如又是密室，眞不知該怎麼辦。剛才得知這間畫室並未從內側上鎖，我心頭放下一塊大石。」

「這次的嫌犯共五名……雖然照理說，你也是嫌犯之一，但系列偵探絕不可能設定為凶手。」否則，讀者一定會氣炸。

「警部，你還必須考慮凶手是外部入侵者的可能性吧？」天下一的眼神閃過一絲淘氣。

「沒辦法，發生這種命案，一般刑警都得考慮各種情況。」

雖然在這種設定的推理小說中，凶手絕不會是「來自屋外的入侵者」，我仍得不停重複無謂的搜查，這就是我在這部系列作被賦予的任務。

「嗯，話說回來，嫌犯竟只有五人。」天下一搔著亂髮，「這麼有限的範圍裡，很難讓讀者在釐清眞相時大感意外，作者到底在打什麼算盤？」

「不會搞到最後說是牛神自殺吧……」我吐出內心的不安。

「不會吧……」天下一接過話，卻忽然皺起眉。

「怎麼了？」

「沒什麼，只是覺得，剛才作者的臉色好像變了。」

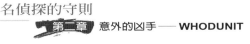

「喂喂喂，這種玩笑不能亂開！」

正當我慌了手腳之際，部下帶一名關係人進來，我和天下一立刻回到小說的世界。

部下帶進來的中年男子，是被害者牛神貞治的表弟，名叫馬本正哉。他自稱是經手舶來品進出口的仲介商，但頗可疑。

「我實在不敢相信，怎會發生這種事？貞治哥昨天還那麼健壯有神，怎會突然撒手人寰……咦，你問我覺得可能是誰殺的？怎會有人想殺貞治哥？他是個大好人！凶手應該是潛入宅邸的強盜，嗯，一定是這樣。警察先生，請你們早日抓到凶手，拜託了。」正哉說完便哭了起來……不，那不算哭泣，他雖然拿著手帕擦眼睛，手帕卻一直是乾的。

之後，我一一聽取其他關係人的證詞，要是詳細寫出來，只會讓讀者愈看愈混亂，我還是把那份總會印在偵探小說首頁的「主要登場人物一覽表」拿來吧。

**主要登場人物**

牛神貞治（六十歲）：油畫畫家。牛神家的當家，未婚，持有莫大的財產。

馬本正哉（四十二歲）：自稱進口雜貨貿易商。貞治的表弟，住在牛神邸。

馬本俊江（三十八歲）：正哉的妻子。

虎田省三（二十八歲）：貞治的徒弟。寄宿牛神邸。

龍見冬子（二十三歲）：貞治的徒弟。在牛神邸附近獨居。

犬塚米（四十五歲）：牛神家的傭人。

大河原番三（四十二歲）：縣警搜查一課警部。

鈴木（三十歲）、山本（二十九歲）：刑警和巡查。

天下一大五郎（年齡不詳）：名偵探。

「哇哈哈哈哈哈！」

看著登場人物表，我忍不住放聲大笑。把「刑警和巡查」都列上去就夠搞笑了，最好笑的傑作，就屬那行關於天下一的介紹——

名偵探。

哇哈哈哈……噫嘻嘻嘻嘻……

在人物介紹裡寫「名偵探」？通常只要寫個「偵探」就行了吧！寫這什麼鬼，羞死人了，這個作者的腦袋到底都裝些什麼啊！

我在牛神邸的會客室裡笑到眼淚直流，鈴木刑警向我報告：「警部，我把犬塚米帶來了。」

我瞬間恢復正經八百的表情，「好，讓她進來。」

在鈴木刑警的催促下，阿米嫂走進會客室，一臉蒼白的她微低著頭。

「阿米嫂，妳對這東西有印象吧？」我拿出砂糖罐，裡面裝著細砂糖。阿米嫂點了點頭，沒作聲。「妳知道裡頭有毒嗎？被摻了農藥。」

阿米嫂雙眼睜得大大的，「我完全不知道發生這種事。」

「是嗎？妳真的不知道？這個砂糖罐平常都放在廚房裡，最有機會下毒的，不就是每天在廚房工作的妳嗎？」

「不是的……我、我什麼都不知道啊！我怎麼可能殺老爺……？我怎麼幹得出這種……這種可怕的事……」阿米嫂拚命搖著頭，一臉不知所措。

「那我問妳，今天早上牛神大師發出慘叫的時候，妳在哪裡？」

「在房裡，我的房間。」

「哦，有證據嗎？」

「證據……我沒有證據……」

「看吧！除了妳，當時在本館的所有人聽到慘叫之後，紛紛衝出房間，看到了彼此，換句話說，那些人都有不在場證明。」

「我也是聽到老爺的慘叫才衝出房間的啊！我馬上趕到別館，卻發現老爺的屍體，嚇得放聲尖叫……」

「真的是這樣嗎？該不會是妳殺害大師之後，再假裝剛進到畫室發現屍體，當場扯開嗓子大叫吧？」

「不是的，不是的！不是我殺的！」阿米嫂哭了出來。

我嘆口氣，擺出一副「我才不會被妳的眼淚蒙騙」的表情。當然，在我心裡，早確信這女人不是凶手，也才能夠如此凶惡地以尖銳的言詞相逼。在這種偵探小說裡，我們配角千萬要謹記在心——絕不能比偵探先找到眞凶。在偵探天下一發現眞相之前，我們必須不斷以偏離案件核心的搜查來拖延時間。

我根據幾個原因推斷阿米嫂不是凶手。第一，她不是美女。當凶手設定爲女性時，作家常會下意識將她塑造成美女，這幾乎已是作家的本能。第二，阿米嫂的過去經歷交代得十分清楚，後續很難掰出什麼不爲人知的殺人動機。最後一點，則是她的名字，叫什麼阿米嫂，怎麼想都缺少當凶手的氣勢。

在哭得呼天搶地的阿米嫂面前，我才剛擺出臭臉，就聽到敲門聲。天下一走了進來。

「阿米嫂不是凶手。」偵探劈頭就來這麼一句。

「你進來幹麼？這不是外行偵探插得了手的案子，到一邊涼快去吧！」我送上這種場面的專用臺詞。

「先聽我說嘛，今天早上不是跟你提過，牛神大師午睡時曾遭人勒脖子嗎？我稍微調查了當時所有人的行蹤，阿米嫂是去村裡買東西。」

「什麼！是眞的嗎？」

「當然是眞的。」

「唔唔……」我呻吟著。隨便抓個人指稱是凶手，一發現矛盾就立刻露出挫敗的神情，也是身爲配角的任務。「凶手不是這個女人嗎？嗯……」

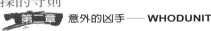

「還有，我剛剛聽刑警說，凶刀上只有牛神大師的指紋。」

「呃，是的，不過那一定是凶手為了營造牛神自殺的假象使出的花招啦！凶刀上雖然有指紋，卻是左手的，而大家都知道牛神是右撇子。」

「這樣啊……那麼，凶手應該也知道大師是右撇子，為何還是拿他的左手留下指紋？」

「哎，大概是慌忙之間搞錯了吧。」我輕率下斷言時，部下走進來。

「警部，經手牛神貞治畫作的畫商提供一封奇妙的信件。」

「信件？」

部下遞給我一個信封，我抽出信件，上頭寫著：

「牛神貞治的畫作，都不是他畫的。他將我的作品，當成自己的作品發表。牛神貞治必須為此贖罪。」

「什麼!?這是指牛神貞治竊取別人的畫作嗎？」

「絕對不可能！」剛才還哭哭啼啼的阿米嫂，抬起頭堅定地說：「老爺的作品，都是老爺親自創作。」

「那這封信又是誰寫的？」

「不好意思，借我看一下。」一旁的天下一拿走信件，「這……字真醜。」

「廢話，凶手當然要掩飾筆跡啊！」為了演出對外行人的厭煩，我刻意露出一臉不耐。

「唔，但這該不會是……」天下一搔起雞窩頭，這是他進行推理時的習慣，於是頭皮屑四處飛散。

如同先前提到的，這是一篇找尋凶手的小說（WHODUNIT），但這是否意味著讀者只要邊看故事邊做筆記，就能順利找出凶手呢？其實未必。這類故事的眞相，往往是無論讀者再怎麼努力，仍無法光靠小說提供的線索推理出凶手。

不過，這不是什麼大問題，因爲會想仿效作品中的偵探，以邏輯推理找出眞凶的讀者，幾乎不存在。大部分的讀者都只憑直覺與經驗去猜凶手。

雖然不時會出現一種讀者，聲稱「哎呀！我看一半就知道凶手是誰」，但通常都不是經過推理得出的結論，只是馬馬虎虎抓個大概，在「喔，凶手應該就是這傢伙吧！」的心態下選個人物，碰巧猜中罷了。對作者來說，最棘手的是，這類猜測並不會鎖定在唯一的可能性上，讀者猜凶手的方式，很接近賽馬的預測。拿這件案子來說，讀者的預測大概如下——

**大熱門**——龍見冬子：年輕貌美，如果是凶手最有看頭。雖然被害者死後，表現得最傷心的是她，但看起來有點做作。

**黑　馬**——虎田省三：作者將他描寫成一名優秀的好青年，最不可疑，所以最可疑。

**冷　門**——馬本夫妻：爲了財產而蠢蠢欲動，此一動機太過露骨，很可能是作者爲了誤導讀者設定的角色。

**大冷門**——犬塚米：雖然樸素不起眼，搞不好會來個「她其實是陰險的女人」的大翻盤。
**超大冷門**——刑警之一：不乏這種小說，一併列入考慮。
**跌破眼鏡**——牛神自殺、假死，或是全員共謀。

讀者大多在心中做好這樣的預測，再迎向小說的結局。於是，不管最後誰是凶手，讀者都會說：「看吧，我就知道！」
「喂，沒問題吧？」我向即將出場的天下一搭話。接下來，就是他解謎的高潮場面。「這次的謎底，真的能讓讀者大感意外嗎？」
「請放心，沒問題。」天下一自信滿滿。
「可是，不管最後凶手是這些登場人物當中的哪一個，在讀者眼中都不足爲奇。」
「或許吧。」
「看來，你挺有把握的。喂，雖然是這種老套的推理小說，該不會搞到最後說作者或讀者是凶手？」
「那倒不會，而且最近的讀者可能連那樣的結局都預想到了。」
天下一眞是一針見血，我不禁暗暗嘆氣。
大廳的門打開，部下探出頭報告：「所有人都到了。」
「好，那就開始吧。」我帶著天下一走進大廳，相關人士齊聚一堂。我乾咳兩聲，接著說：

「嗯，雖然聽這種外行偵探的推理也於事無補，但他非常堅持，大家姑且聽聽吧。」又是這套陳年老詞。

於是，在我找位置坐下的同時，天下一踏出一步，站到前頭。

「好了，各位。」這是他一貫的開場白，「這次的案子非常奇妙，連我都被騙得團團轉，不過，我知道眞凶是誰了。」

「是誰？」

「究竟是誰？」

相關人士紛紛催促。

「凶手是……」天下一環視眾人後宣告：「一名男士。」

大廳內一片譁然。

「是你！是你幹的吧！」

「不是我殺的！」

「也不是我！」

面對騷亂不安的眾人，天下一出聲安撫：

「各位、各位，請聽我說。長久以來，凶手都順從地活在牛神貞治的背後，忍受牛神貞治奪取自己的畫作，拿去發表。然而，牛神貞治卻沒有給予任何回報。忍耐到極限，他長年的憤怒爆發，終於殺了牛神貞治。」

「到底是誰啊？」

「是誰？」

「究竟是誰殺的，快告訴我們吧。」

「那個人就是——」天下一裝模作樣地深呼吸，接著宣布：「他就是潛藏在牛神貞治體內的，另一個人格。」

「……」所有人頓時沉默，凝視著偵探。

「牛神貞治小時候患病，曾接受腦部手術，治療的結果……（省略專門性敘述）……使得他的右腦產生另一個人格，就是那個人格促使他提筆作畫。據我調查，牛神貞治明明是右撇子，畫筆上卻只有左手的指紋。左手動作是由右腦控制，經右腦的人格主導畫畫，自然是以左手拿筆。畫商收到的那封怪信，也是牛神貞治以左手書寫，字跡才會那麼醜。後來便如我剛剛所說，副人格開始憎恨主人格的牛神貞治，趁主人格睡覺時掐他的脖子，或在砂糖裡下毒想害他，可惜都沒成功，最後拿刀刺向主人格的胸口。」

「那為什麼畫室裡的玻璃會被打得粉碎？」我感受著大廳內愈來愈糟的氣氛，開口問天下一。

「玻璃上映著牛神貞治的身影。精神錯亂的副人格只要見到牛神貞治的形影，便會瘋狂破壞。鏡子與座鐘上鑲的玻璃，也是基於同樣的原因被打破。此外，畫架上的畫布割得稀爛，也是畫了牛神貞治的自畫像的緣故。」

「嗯……」我沉吟半晌，悄聲問：「這和自殺有什麼不同？」

「當然不同。和自殺完全是兩回事，這是一起殺人案件。」看來，天下一對我的提問有點不爽。

在場的相關人士則是滿臉納悶。

「哎呀，原來是這樣。」我站起身，「凶手就是牛神貞治的副人格，我完全沒想到。天下一，眞有你的，不愧是名偵探！我果然贏不了你！」我拚命捧天下一的場。

「哪裡，這次也多虧大河原警部的協助……」

天下一話才說到一半，突然有東西飛過來，掉在地上。我撿起一看，是空啤酒罐，正覺得奇怪，香蕉皮也飛了過來。

「哎呀呀，這是怎麼回事？」天下一以手護著頭。

我恍然大悟，「是讀者！讀者生氣了，拿東西扔我們！」

緊接著飛向我們的是廚餘和垃圾，甚至連馬糞都出籠。

「嗚哇，救命！」天下一拔腿就跑。

「喂，別丟下我！」我連忙跟在他身後，倉皇逃離現場。

# 第三章

# 孤立宅邸之必要——遺世獨立的空間

山路兩側堆積著宛如骯髒棉絮的污雪，這是個無風的晴朗日子，籠罩四下的卻是令人不快的寂靜，一路上只聽得到吉普車的引擎與輪胎雪鏈作響。

「還要多久才會到？」我問司機。是他開吉普車到車站接我上山的。

「大概再五分鐘吧。」穿著毛領外套的司機簡短回答。

吉普車開上狹窄的山路，右側是陡峭山壁，左側則是一翻車就可能直達地獄的險峻山崖。這種路只要來場雪崩，馬上就無法通行了吧——當這念頭閃過我的腦中，本次故事的輪廓也同時浮現。

吉普車終於抵達目的地，停在一棟背坡而建的洋風建築前。

「哎呀，眞是稀客。長途跋涉辛苦您了，大河原警部！」出來迎接我的是這棟宅邸的主人矢加田傳三，他是個有點胖又不會太胖、有點老又不會太老的紳士，也是地方上屈指可數的資產家。由於這位先生繳納不少稅金，稱得上是我們公務員最有力的贊助者。

「這宅邸實在氣派。」這話一半是眞心，一半是恭維。

「哪裡，您過獎了。請別拘束，當成自己的家吧。」矢加田的話聲剛落，立刻朝下一位上門的賓客走去。

這是一場慶祝宅邸竣工的宴會。矢加田在市區早有一幢豪宅，由於「想在大自然的圍繞下享受週末」，特地在山裡蓋了棟別墅。有錢人出手，果然不一樣。

其實，今天矢加田招待的警界人士是署長，可惜署長的宿疾腰痛發作，適逢休假的我便託他的福前來赴宴。

自助餐宴席設在寬廣的宴會廳裡，放眼望去，賓客少說有數十名，而且清一色都是在地方報章雜誌上露過一、兩次臉的大人物。

我盛一大盤佳肴，打算好好飽餐一頓，大啖平日少有機會品嘗的美食時，身後突然有人呼喚我。「你好，大河原警部。」

我嚇了一跳，回頭一看，一名身穿皺巴巴西裝、頂著一頭亂髮的男子，透過圓框眼鏡盯著我。他就是這篇小說的主角——天下一大五郎。

「喔，是你……」我的雙眼與嘴巴張得大大的，「你也受邀了！」

「是啊，我開始有點名氣了。」天下一洋洋得意，旁若無人地揮舞著古董手杖。

「哼，跩什麼跩，不過是運氣好，解決兩、三起案件罷了。偶爾猜中幾次凶手就拿翹，外行人就是這樣，讓人受不了。」我照例說些瞧不起這位私家偵探的對白，沒辦法，這就是身為配角警部的任務。

「重要的是，」天下一突然壓低聲音，湊向我的耳邊：「你看到來宅邸的那條山路了吧，覺得如何？」聽他的語氣，已不是在演出天下一這個角色。

「那條路眞狹窄啊。」我也暫離小說的世界，露出奸笑。「沒多久就會被積雪掩埋了吧。」

「我也這麼覺得。」天下一頻頻點頭，「晚點就會下雪，而且我想應該會是一場大得嚇人的雪。」

「然後，路就不通了。」

「電話也會斷線。」

「這麼一來，整棟豪宅就孤立在大雪中，無法與外界取得聯絡。」

「所以，這次的案件就是套用那個梗嘍？」

「八九不離十。況且，這個作者最喜歡的就是那個梗。不過……」我環顧宴會廳，「你不覺得登場人物多了點嗎？」

「我倒覺得不必擔心，並非所有人都會在這裡住一晚。等一下大部分的賓客都會早早離開，最後頂多留下七、八人吧。」

「那是最好的情況。」

「一定是啦，想想這個作者功力吧，超過七、八個角色，他就寫不清楚誰是誰。」

「原來如此。」聽完天下一深具說服力的解釋，我也明白了。

之後，矢加田開始致詞，各方人士紛紛上臺致賀，接下來的團體遊戲與餘興節目更是炒熱現場的氣氛，愉快的時間一眨眼就過去。

天色一暗，如同天下一的預言——或者該說是這類小說的公式情節，外頭下起大雪。接著，依然一如我們的預測，大部分賓客陸續起身踏上歸途，留下的除了宅邸主人矢加田與夫人綾子、兩名傭人之外，還有包括我與天下一在內的五名客人。

我們被帶離宴會廳，穿過長廊來到別館。這裡也有一間寬廣的客廳，一行人再度把酒言歡，一瓶瓶的酒接連送上桌任君暢飲。全是一輩子難得喝到一次的高級酒款，我不客氣地大喝了起來。其他賓客當然也不願錯失良機，大口喝著矢加田送上的珍貴名酒。平常要是這麼多人聚集喝酒，總會有一、兩人酒量不好，但今天似乎個個是酒豪，就連我們的主角天下一，別看他坐在一旁裝作若無其事，一樣是愈喝愈猛。

眾人開懷暢飲，數瓶白蘭地與蘇格蘭威士忌逐一見底。這時電話鈴響，矢加田拿起話筒。交談兩、三句之後，矢加田掛上電話，面帶憂愁地說：「這下有點麻煩了。」

「怎麼？」我問。

「呃……剛剛山路上發生爆炸，引起山壁坍方，我們暫時無法回市區。」

「喔喔……」我不禁瞄了瞄天下一，只見他拚命忍笑。我乾咳兩聲，轉向矢加田問：「怎會突然發生爆炸？」

「不清楚，風雪這麼大，恐怕一時之間無法查出肇因……而且，比起釐清爆炸原因，應該先想辦法讓山路恢復通行。」

「要多久才能重新通車？」賓客之一的大腰一男問道。大腰與矢加田似乎是多年舊識，看起來也滿有錢的，只是不曉得他從事什麼工作。

「聽說大雪一停，馬上會展開搶修，不過最快也要明天才通得了車。」矢加田沉穩地對眾人說：「請寬心，這裡的存糧與物資足夠讓各位度過一整個星期。這是天意啊，各位就當是度假，玩個盡興吧。」

賓客紛紛向矢加田致謝。

於是，我們繼續待在客廳喝酒。或許是想讓我有些面子，矢加田慫恿我談談至今解決的命案。坦白講，藉著當年勇來享受注目也滿開心的，所以我很乾脆地把「壁神家殺人案件」、「人頭村咒殺案件」還有「無人島屍體連續消失案件」等等大致說明了一下。雖然眞正解決這些案件的都是偵探天下一，我卻假裝忘了這回事。在一旁的天下一本人也一副事不關己的神情。

聊到一個段落，大腰一男咕噥著起身。他扭扭捏捏、左顧右盼，大概是想去上廁所，不過我們身在別館，而非本館的宴會廳，他似乎不知道廁所在哪裡。

「洗手間在這邊，我帶您去吧。」矢加田立刻站起，領著大腰走出客廳。其他人想上廁所時，都是由傭人帶去洗手間，矢加田卻親自爲大腰帶路，顯然對他頗爲照顧。

「好像變冷了。」綾子夫人出聲。

「外頭的雪似乎下得很大。」有著渾圓大鼻的鼻岡說：「不過，這客廳沒有窗戶，看不到外面。」

數分鐘後，矢加田回來，立刻指示傭人：「酒只剩這些啊，再多拿幾瓶過來。」

「不不，我喝不下了。」青年實業家足本揮揮手，「而且，我好像有點醉了。」

「年輕人說那什麼話！來來來，再多喝點！」矢加田拿起白蘭地就往足本的杯裡倒。可能原本就滿喜歡杯中物，加上矢加田這麼殷勤，足本嘴上念著「哎，我眞的喝不下」，還是開心地喝呀喝的，一杯接一杯。

我們又喝了大概一個多小時，鼻岡正要去廁所，突然回頭冒出一句：「嗯，大腰先生去哪裡？」

「其實……」傭人不安地望著眾人，「大腰先生剛剛去上廁所之後，一直沒回客廳……」

「大腰兄約莫是回房休息了吧，各位別擔心。」矢加田安撫大家，但他看了看牆上的時鐘，又說：「唔，不過還是確認一下比較好。喂，你去大腰先生的房間看看。」矢加田命令傭人。

「大腰先生一定是爛醉如泥，爬不起來啦！他今晚喝得可猛了，一杯杯地拚命灌。」酩酊大醉的足本完全忘記自己也喝得相當凶。

然而，傭人飛也似地回到客廳報告：「大腰先生不在他的房間。」

「什麼？」矢加田整個人彈起來，「你們仔細找找每個房間！」

「我陪您一起找吧。」我起身說道。

「我也一起。」天下一附和。

後來，所有人都加入找人的行列，卻遍尋不著大腰的蹤跡。我走出別館的玄關，來到屋外，大雪已停，庭院一片雪白，雪地上不見任何腳印。

一回神，發現偵探天下一來到我的身邊，蹲在地上摸著庭院的雪。

「你在幹麼？」

「沒什麼。」天下一起身左右張望，確定四下無人，悄聲對我說：「看來，案件已發生。」

「嗯。」我點點頭，「依劇情發展的節奏，差不多該出事了。老是看一群演員抱著酒喝啊喝的，讀者恐怕快要不耐煩。」

「這次不知是怎樣的詭計，『找尋凶手』還是『不可能的犯罪』？」

「搞不好是『密室』。」我壞心眼地逗他。

不出所料，天下一馬上哭喪著臉：「拜託，千萬不要……」

這時，傳來矢加田的呼喚：「警部！大河原警部！您在哪裡？」

「我馬上過去。」我恢復上戲時的嚴肅神情，走進屋裡。

矢加田看到我，立刻招了招手：「請您來看一下。」

他領著我們進入宛如倉庫的房間，燈一點亮，沒想到空間大得嚇人，但更嚇人的是房裡的東西，我們不禁張大雙眼。

眼前停著登山纜車的車廂。

「這裡怎會有登山纜車？」我問矢加田。

「搭這輛纜車便能上後山。我在後山的山頂蓋了棟觀景小屋，夏天可去喝啤酒，邊眺望風景。」

「呵呵，不愧是矢加田先生，想法果然與眾不同。」

「這輛纜車和大腰兄的失蹤有關嗎？」天下一問。

「沒錯，我剛才發現纜車被使用過，說不定是大腰兄搭纜車上山。」

「嗯……」我頓了頓，「好，那我們也上山吧。」

別館裡只留下綾子夫人與傭人，我、天下一、矢加田及兩名賓客，一同搭纜車前往後山。

「嗚哇，好陡峭的山坡！」足本望著窗外風景感嘆：「這麼陡的坡，根本不可能用走的吧。」

「大腰先生眞是的，醉到腦袋不清楚了嗎？冒著這麼大的雪跑去觀景臺幹麼？」鼻岡悠哉地說道。

「大腰先生並不是獨自上去，」天下一回應：「不然，登山纜車應該會停在山頂。」

眾人都同意天下一的推論。

纜車行進約十五分鐘後，一行人抵達山上小屋。我們步出小屋，在附近搜尋大腰的蹤影。山上的積雪質地與山下的明顯不同，柔柔的細雪厚實地布滿山頭。

搜索約十分鐘，我們發現大腰的屍體。他就倒在小屋旁，但屍身完全被積雪覆蓋，我們花了一些時間才找到，而他的後腦杓有遭毆打的傷痕。

以孤島或孤立山莊為舞臺的命案，這種典型的作品在推理小說世界裡滿常見，光是「天下一探案」系列就有好幾篇——身為登場人物的我都這麼說了，絕不會錯。當然，這類作品就是深受讀者歡迎，才會一直有類似的新作問世。

不過，說「深受讀者歡迎」，還得加個但書。根據評論家的研究，這類作品在歐美銷聲匿跡，如今還偏好此一形式的，只剩日本的讀者。當然，這是由於日本有著獨特的文化，不能因歐美人沒興趣，就批評日本人比較幼稚。想寫這類作品的作家就好好寫，想讀這類作品的讀者就好好讀，沒什麼問題。

只不過——請容我以登場人物的立場說句話。

難道不能再多下點工夫嗎？每一次每一次都是藉大雪將山莊孤立，每一次每一次都是藉颱風將孤島孤立，讀者再喜歡也會膩，身在其中更是早已厭煩這樣的安排。

況且，究竟爲什麼非得孤立故事的舞臺不可？不這麼設定就寫不下去嗎？

「孤立舞臺最大的好處，就是能夠縮小嫌犯人數。」一旁的天下一聽到我的自言自語，突然插話：「移除凶手來自外部的可能性，等於清楚地向讀者宣告，這是一起『不可能的犯罪』。好比，今天這件案子，明明大家都在客廳，大腰卻在山頂被殺死，而且凶手一定在我們之中——謎團就這麼自然浮現。作家愛用這種公式，正是看中這種方便性吧。」

「只有這麼點好處？」

「當然還有啊。譬如，以我的立場來說，」天下一摸了摸鼻梁，「讓偵探孤軍奮戰——這對作家與讀者都深具魅力。反觀一旦警方介入，又是科學搜查，又是人海戰術什麼的，整個鬥智遊戲的知性氛圍全被破壞。所以，只要將舞臺孤立，外在狀況就會單純化，故事便能專注在凶手與名偵探之間的對決。」

自稱「名偵探」的人實在少見，我不禁朝天下一多看幾眼。然而，這傢伙似乎有些誤解，只見他頻頻點頭，彷彿在示意我不必這麼欽佩他。

「另外，這種設定對凶手也有很大的好處。舞臺一旦孤立，不單警方無法介入，案件的相關人士也逃不出去，凶手便能一個接一個將目標殺死。高興的話，將所有人殺光光再自盡也無不可。有篇名作即是依循這個模式。」

「這麼說來，要是只想殺某一個人，就沒必要孤立舞臺了吧？」

「那倒未必。有時候爲了方便詭計的設計，還是封閉空間比較好辦事。」

「原來如此，我瞭解了。可是，除了上述優點，這類設定仍存在不少壞處吧？你想想，以凶手的角度來看，嫌犯愈多愈好。選在相關人士屈指可數的情況下犯案，總覺得很不自然。」

「的確有這樣的問題啦。」天下一滿臉無奈。

「總之，凶手挑這種封閉空間當舞臺，本身就頗奇怪。每次讀到『暴風雪山莊』類型的作品，我都覺得凶手不如到路上見人就砍，被逮捕的機率還低一些。」

「唉……」天下一盤起胳膊，「你要說得這麼明白，大家都沒得玩了。」

「大概吧，所以我才討厭這類故事，從頭到尾都很不自然，難怪會被批評是做作的人工世界。」

「啊，不過，這次絕對沒問題。」天下一自信十足，「一定能夠化解你的不滿。」

「是嗎？希望作者眞的有點長進。」

「沒問題、沒問題，你就看下去吧。」偵探高聲笑著離去。

之後，在小說世界裡，我們各自進行情報蒐集與偵訊，得到以下資訊：

・足本欠大腰一筆錢，大腰成天向他催討。

・鼻岡愛上大腰的老婆。

・矢加田夫妻是好人。

・傭人與大腰素昧平生。

綜合以上資訊，我決定將足本與鼻岡列入嫌犯。當然，在我內心早將這兩人從凶手候補名單中剔除，只不過，大聲嚷嚷當他們是嫌犯，正是我在「天下一探案」系列裡的主要任務，我也很無奈。

「唔，可惡。」命案發生的隔天早上，我坐在客廳沙發上搔著頭。「到底是怎麼回事？我眞是拿這案子沒轍！」又是這句老臺詞。

此時，矢加田出現：「連警部也束手無策嗎？」

「唉，說來丟人，完全沒頭緒。」我皺起眉頭，「雖然鎖定幾名嫌犯，卻不清楚殺人手法。當時明明沒人長時間不在客廳裡，要上山頂，即使是搭乘纜車，單程也得花十五分鐘。」

「大腰會不會是自殺？」

「不太可能，沒聽過誰毆打自己的後腦杓致死吧。」

「還是，出了什麼意外？」

「意外啊……」我沉吟一陣，「嗯嗯嗯，搞不好眞的是意外。喝醉的大腰先生一時興起坐上纜車，抵達山頂小屋後，一下車，好巧不巧有什麼東西敲到他的後腦杓，然後又好巧不巧纜車電源啓動，於是空蕩蕩的纜車便自行下山……」

就我這種配角，「好巧不巧」眞是好用的詞。

「對，沒錯，肯定是這樣。」我撫掌說道：「矢加田先生，這是場意外！絕對是的！」

就在這時，天下一出現在客廳入口。「各位，請集合到客廳。」

於是，屋裡的人聚集起來。

「怎麼？」

「發生什麼事？」

所有人像事先約好，以天下一爲中心圍成扇形坐下。

「喂喂喂，搞什麼？」我嘟起嘴嚷嚷：「你又要幹麼？」

天下一望著我露出笑容，「當然是解謎，我知道是誰殺死大腰先生了。」

「哼，殺死？」我嗤之以鼻，「我們剛剛研究出結論，那是場意外。」

「不，警部，這是件凶殺案。」他環顧眾人，「而且，凶手就在我們當中。」

眾人一陣譁然。

「是誰殺的？」鼻岡問。

「凶手是誰？」足本問。

矢加田也問：「到底是誰殺死大腰先生？」

天下一大大深呼吸，視線緩緩移至矢加田身上，開口：

「凶手就是您啊，矢加田先生。」

除了矢加田，大家異口同聲發出驚呼，望向矢加田。

這棟宅邸的主人默不作聲，接著深深嘆了口氣，對天下一說：「我不明白您在說什麼。大家都很清楚，當時我一直待在客廳。」

「是啊，天下一！」我爲矢加田幫腔，「他根本沒機會殺害大腰。」

「眞是這樣嗎？」偵探天下一絲毫不爲所動，「警部，你應該記得，最後與大腰先生接觸的，正是矢加田先生吧？是他帶大腰先生去洗手間。」

「那又如何？我和他在一起的時間不過兩、三分鐘而已。」矢加田苦笑。

「只要有兩、三分鐘，」天下一回答：「從背後襲擊別人已綽綽有餘。」

「殺人的確不需花多少時間，可是還要搬屍體上山。那麼一點時間，絕對辦不到。」我反駁。

不料，天下一撇嘴笑了笑：「就是辦得到。」

「怎麼可能！」

「眞的辦得到。各位若想親眼確認，就跟我來吧。」

天下一轉身走出客廳，我立刻追上，其他人也跟過來。

天下一領頭走在廊上，前方就是洗手間。然而，天下一經過洗手間門口，徑直來到走廊盡頭。那裡有一道門。

「各位，請看！」天下一打開那道門。

「噢——」眾人齊聲發出驚嘆。這也難怪，門外不是庭院，而是滿布白雪的陡峭山坡，夾帶雪花的冷風颼颼吹進屋內。

「這……這裡是山頂啊！」鼻岡結結巴巴地喊道。

「沒錯。」天下一說：「我們……不，這棟別館在我們不知不覺中移動到山頂。這次案件的關鍵，就是這棟別館裝設祕密機關。」

「到底是怎麼回事？你快點解釋！」我催促天下一。

「這個機關其實非常單純——整棟別館就是一輛巨大的纜車，只是移動速度極爲緩慢，單程登上山頂就要一個多小時，所以身在屋裡的人很難察覺。」

「你的意思是，昨晚這棟別館跑了一趟山頂嗎？」鼻岡問。

「是的。昨天晚上，當別館像現在這樣停在山頂上時，矢加田先生殺了大腰先生，將屍體從這道後門推出去，接著再度啓動機關，讓別館慢慢回到原處。爲了不讓我們在這段時間內察覺屋子在移動，矢加田先生一回到客廳便不停灌大家酒。對他而言，最需要提防的就是在別館移動之際，我們當中有人離開客廳回房間，因爲透過房間窗戶，就會發現屋子正在下山。後來，大家發現大腰先生遲遲未回客廳，矢加田先生一開始表現出毫不擔心的模樣，是不確定屋子停下了沒。然而，他看了看時鐘，確定行凶後經過一個多小時，屋子應該已歸位，態度頓時一轉，帶著大家尋找大腰先生。矢加田先生，我的推理都正確吧？」

但矢加田一聲不吭，凍僵般杵在原地。

「你爲什麼會注意到屋子移動了呢？」我問天下一。

天下一燦爛一笑，「尋找大腰先生時，我不是跟你去了趟庭院？那時我就覺得奇怪，附著在這棟屋子外牆上的雪，與庭院裡的積雪質地完全不同，簡直像全院子只有這棟屋子去了趟高處回來。」

「沒想到，這棟屋子眞的上了山一趟。眞是出乎意料！天下一，看來這次的功勞又讓你搶走了。」我以一貫的對白稱讚偵探。

此時，矢加田突然跪倒在地。

「如您所說，是我殺害大腰。我曾犯下搶案，以獲得的金錢當資本做生意，爬到今日的地位。然而，當年的共犯大腰不停向我勒索，我給他好幾千萬圓。我不想再這樣下去，所以想殺掉他，一勞永逸。這棟屋子也是爲了殺他而蓋，我對犯罪計畫有十足的自信，希望事成後有個完美的背書，才邀請名偵探天下一來參加宴會。」

「可惜，您似乎太小看我。」

「的確是太小看了。」矢加田垂頭喪氣。

天下一憂傷地看著矢加田，沒多久突然神情一變，眉飛色舞地望向我說：「大河原警部，不錯吧？這次的案件沒有不自然之處。凶手刻意叫被害者來宅邸，是唯有在這裡才能實行殺人計畫的緣故。以炸藥炸毀山路的原因也再清楚不過，要是不巧讓路人目睹一棟屋子在爬山，殺人計畫就當場泡湯。」

「原來如此。」我點點頭，「這次的梗是帶有機關的屋子啊。不過……」說到一半，我將話吞回去。

「怎麼了嗎？」天下一追問。

「呃……沒什麼……」

與其砸大把銀子興建這麼大規模的土木工程機關，不如拿那些錢僱殺手不是更省事？但在本格推理的世界裡，我想這種話還是別說的好。

# 第四章

# 最後的一句話——死前留言

那眞是具死狀悽慘的屍體，就連早已看慣屍體的我，剛來到命案現場，也不由得一陣反胃。

死者王沢源一郎是年近七十的老先生，也是王沢物產獨攬大權的老闆。命案現場是王沢自家的二樓書房，源一郎倒臥在敞開的窗戶旁，頭頂到額頭裂了一條大縫，從中湧出的大量血液流滿整張臉。發現屍體的是長年服務王沢家的女管家，聽說她目睹慘狀，嚇得雙腿發軟，癱坐在房門口哭喊「救命」。這也難怪。

經過調查，我們研判凶器是在命案現場發現的水晶文鎮，但鑑識人員沒能從上頭採到任何指紋，可能是凶手擦掉了。

我們認爲，源一郎這天應該是在書房裡練書法時遇襲。大桌上的硯臺留有磨好的墨，桌面鋪著大張書法用墊布。

「大河原警部，請您來一下。」在現場蒐證的部下呼喚我。

「怎麼了？」

「請看。」他指著桌椅的縫隙。

「咦！」我忍不住驚呼。

在深褐色地毯表面，有數個宛如書法字的痕跡……不，說「宛如」並不恰當，這肯定是文字。

「而且這東西就掉在一旁。」部下拿給我的是一支筆頭沾了墨汁的毛筆。

「嗯……」我望著地毯上的文字沉吟，這些看上去很像是一串英文字母。「是W……E……

X……嗎？」

「要這樣判讀也說得通啦。」我身旁有人出聲。由於不是部下的嗓音，我下意識轉頭，只見一名頂著一頭亂髮、身穿皺巴巴西裝、戴了副圓框眼鏡的男子正盯著那些痕跡。

「哇！」我嚇得倒退好幾步，「幹、幹麼？你是幹麼的啊!?」

「是我，大河原警部。」男子揮舞著手杖，「頭腦明晰、博學多才、行動力超群的名偵探，天下一大五郎是也。」

「真是饒舌又做作的自我介紹。」我潑他冷水。

「這個作者敘述能力不足，寫來沒有說服力，只好我自己說了。」

「也對，總比寫一大串又臭又長的描述來得好……扯遠了。你爲什麼會在這裡？現場應該是禁止閒雜人等進入的吧？」

「被害者王沢社長是我的客戶。我接受社長的委託，目前在調查某人。」

「『某人』？誰啊？」

「照理，偵探不得透露客戶委託的內容，但既然委託人往生，說出來也無所謂。那個『某人』，就是王沢社長的夫人。她是社長兩年前再娶的繼室，還不到三十五歲，不僅年輕，又是美人。王沢社長很擔心她哪天會紅杏出牆，加上夫人最近似乎有出軌的徵兆，社長便委託我進行調查。」

「這倒是挺有可能。那麼，你調查的結果呢？」

「這個嘛，其實我只查到一些苗頭。夫人確實有情夫，但我還沒查出是誰。本來想先向王沢社長報告進度，沒想到……唉，這下沒辦法跟他收調查費了，眞是損失慘重。」天下一搔了搔亂糟糟的雞窩頭。

「請節哀順變……不過，這麼說來，有必要找時間對你進行偵訊。你去隔壁房間等著吧。」我趕蒼蠅似地揮手驅離天下一。

然而，天下一完全沒理會我，一逕往桌子底下張望。「警部，這次的案子相當有意思。」

「你沒事要什麼帥啊！這不是外行偵探插得了手的案子，到一邊涼快去吧。」我又吐出那句老臺詞。

「嗯……W、E、X……」天下一露出沉思的神情，但環視四下，確定沒有旁人在場後，立刻轉頭對我眨了個眼：「大河原警部，看來這次就是『那個』嘍！」此時天下一臉上的愉悅，已不是故事主角該有的表情。眼前的他，只是以評論小說爲樂的好事傢伙。

「對啊，就是『那個』。」我留意著周圍，壓低音量：「就是俗稱『死前留言』的梗。」

「那可是很棘手的。」

「是呀。」我皺起眉，「對作者來說，不光是能輕易營造出神祕的氣氛，又有提升懸疑性的效果，相當好用。不過，通常只要一用上『死前留言』，整個故事就會變得很不自然。」

「當然，瀕死的人哪可能這麼悠哉，寫下什麼留言。」

「算了，我們只能多擔待，配合著演下去。反正，現實世界和推理小說沒兩樣，不斷有命案發生，或許眞的會有那麼一、兩名被害者，爲了給凶手一記回馬槍，在斷氣前硬撐著留下一些訊息，也不算太奇怪。」

「你說的那種狀況還算情有可原，我無法理解的是，那些留下一堆暗號的傢伙究竟想幹什麼？直接寫下凶手的名字不就好了？」

「關於這點，艾勒里．昆恩筆下的角色這麼提過：『在瀕臨死亡之際，在那無可比擬的神聖瞬間，人類的思考將飛越一切界線……』，簡單講就是『天曉得快死的人在想些什麼』。」

「眞是牽強。」天下一語帶諷刺。

「講白一點，」我的手稍稍遮住嘴，「要是被害者眞的留下凶手的姓名，你覺得這部推理小說還寫得成嗎？」

「爲了寫書方便，淨挑些現成的老梗，只會自尋死路。」

「哎，我們再怎麼抱怨也無濟於事，本次就是得解開這種謎團。」接著我回到小說的世界，盤起胳膊陷入沉思：「嗯，W、E、X，這到底是什麼意思？只要解開這個謎，很快就能逮到凶手。」

但天下一還不打算回到小說裡，一臉興致缺缺地說：「警部，你一口斷定地上的字就是W、E、X也很怪，明明只是『看起來有點像是W、E、X』吧？不描述得確實一點，對讀者十分不公平。」

「那你要我怎麼說嘛！」

「舉個例子，警部說是W的字，其實不是寫得端正漂亮的W，比較像是大V和小V並排，而且小V的左右兩劃並未完全接合，大V則是開口非常大。另外，這個X，前端這處輕微的一勾也頗令人在意。」

「話雖如此，要是說明得太清楚，豈不是一下就被讀者看出謎底？我講得模糊點也是爲了誤導他們。」

「所以我覺得對讀者不公平啊。而且，我敢打包票，最近的讀者根本不會被這種小兒科的誤導左右。」

「這一點作者應該心知肚明。好了、好了，別一直抱怨，快點回小說裡來吧。」我一把抓住天下一的西裝袖子，硬是將他拉回虛構的世界。

現場蒐證結束，我開始偵訊相關人士。命案發生這天，王沢宅邸裡共有四人——社長夫人友美惠、女兒洋子、洋子的老公謙介，及女管家達子。不過，由於平日王沢宅邸出入人口複雜，也可能是外人侵入書房殺害王沢源一郎。

「今天並非假日，爲什麼源一郎先生沒進公司？」我問。

「外子雖然身爲社長，但公司實際的營運業務全權交由副社長良一處理，所以他最近幾乎都待在家裡。」年輕的社長夫人友美惠回答。她的確是美人，難怪源一郎會擔心她紅杏出牆。

出軌的事先不談。夫人提到的副社長良一，就是王沢源一郎的兒子。而且，不單良一，王沢家族的男性親屬全任職於源一郎的公司。

我看了看入贅王沢家的謙介，提問：「你也在王沢物產工作吧？為什麼今天沒進公司？」

「我今天請假。」謙介難掩不安。

「是事假，還是病假嗎？」

「沒什麼特殊原因。只是，我先前曾假日上班，今天算是補請休假。」

「這樣啊。」

接著，我針對命案發生的時間——研判是下午三點左右，每個相關人士的不在場證明進行偵訊，證詞如下：友美惠夫人當時在庭院整理花草，管家達子在廚房準備晚餐，謙介與洋子在庭院的網球場上打網球。雖然從網球場抬頭就看得到二樓書房的窗戶，或許是謙介夫婦太熱中打球，完全沒察覺書房裡出了事。

接下來，我又進行個別問話，得到一些頗有參考價值的證詞。好比問到是否知道誰會憎恨王沢源一郎，王沢謙介做了如下的供述：

「我不想這麼講死去的岳父，但實際上，很多人都相當恨他，尤其是他的屬下。岳父非常獨斷專橫，所有事都得依他的意思。他又不懂替人留情面，即使是一路跟著他奮鬥過來的屬下，一旦出事，岳父也會毫不在乎地開除。他最常掛在嘴上的一句話，就是：『犧牲小我，顧全大局』。」

此外，根據現場狀況研判，源一郎是在寫書法時遭到殺害。關於這點，友美惠夫人做了以下的說明：

「該說是醜人多作怪嗎……外子的字極醜，卻愛寫書法。尤其喜歡在紙箋上寫下喜歡的字句送人，樂此不疲，從沒想過收到這種禮物對方會有多困擾。」

對案情偵辦幫助最大的，莫過於女兒洋子的證詞。她表示，知道友美惠夫人的外遇對象是誰。

「那人是寶石經銷商，三天兩頭進出我們的宅子，我有次偶然在外面撞見他與友美惠私會。」

「他叫什麼名字？」

「江島涉。」

「江島（EJIMA）涉（WATARU）……」我雙手一拍，「是W・E！」

我們立刻將江島涉列爲重要參考人，找來問話。不過，說是「參考人」，其實我根本直接把他當嫌犯對待。

「快點招了吧！」我捶著偵訊室的桌子，另一頭坐著臉色蒼白的江島涉。「你和友美惠夫人有一腿，卻被源一郎先生察覺，揚言要與夫人離婚。如此一來，夫人就分不到財產。於是，你便和夫人共謀殺害源一郎先生，對吧？」

「不是的、不是的！」長相斯文的江島哭喪著臉，大喊冤枉。

「哼，別想裝傻！源一郎先生確確實實寫下死前留言——W、E、X，足以證明你就是凶手。你姓名的縮寫，不就是W・E嗎？」

「那X呢？X要怎麼解釋？」

「呃，這個嘛……X……X就是指凶手啊！不是有什麼怪盜X嗎？」

「未免轉得太硬了吧！」江島哭了出來。

然而，沒多久，我們發現意外的事實——江島有完美的不在場證明。案發的那段時間，他絕不可能殺害源一郎。

「唔……這到底是怎麼回事？」我盯著三個字母陷入沉思，「我以為已解開謎團……」

其實我並沒有多沮喪，或者該說，我就算睡昏頭都不覺得江島是凶手。要是死前留言的「W、E、X」真的代表凶手的姓名縮寫「W・E」，根本是把讀者當傻子。如同天下一先前提及的，我的解讀橋段不過是小兒科的誤導，沒想到作者居然真的特地安排一個姓名縮寫為「W・E」的「江島涉」出場，實在有夠沒營養。

聰明的讀者諸君，看到這裡想必早發現了吧？將這串死前留言當成英文字母，絕對是錯誤示範。通常不是將死前留言橫過來，就是倒過來才解得出。但由於我在「天下一系列」裡被賦予的任務，就是必須不停做些無厘頭的推理、持續偏離真相的無謂搜查，所以在接下來好一大段的故事裡，我仍得繼續堅持這串死前留言是英文字母。

「喂，你來一下！」我叫了個年輕刑警過來，「英文裡有沒有『WEX』這個單字？」

「我想沒有吧。」年輕刑警明快地回答。

「那有沒有什麼單字很相似的？」

「有個單字拼爲『WAX』，意思是『蠟』。還有，比較接近的『WET』，意思是『潮溼』或『溼氣』。」

「嗯，聽起來都跟案子沒關係。」我不斷進行著毫無意義的推理。

此時，天下一出現。「警部，你似乎遇上難題。」

「你來幹麼？這是警方專用的會議室，非警方人員不准擅自進來。」

「別這麼見外，先聽我說嘛。我一直很在意王沢社長爲什麼是在窗邊斷氣。他應該是在書桌旁遭人毆打頭部吧？死前留言也是留在桌旁的地上，爲何最後會倒在窗邊？」

「源一郎恐怕是遇襲後沒有立刻死亡，連滾帶爬移動到窗邊吧。」

「他爲何要這麼做？」

「誰知道。我不是說過嗎？天曉得快死的人在想些什麼鬼東西。」

「我倒覺得，這移動有目的。再者，聽說源一郎社長很少打開那扇窗，或許是爲了將某樣東西扔出窗外，才會拚命移動到窗邊。」

「是喔……」我想了想，接著命令部下：「喂！徹底調查窗戶下面，搞不好有什麼東西掉在那裡。」然後，我回頭望向天下一。「我不是相信你的推理才叫他們去調查，我是……呃，是因爲……是因爲我也想到這種可能性！」

「是、是、是。」天下一冷笑。

沒多久，部下神色慌張地回來。

「警部，我們在窗戶下方的草叢裡發現這個！」

他帶回來的是一張大紙箋，上頭飛濺的茶色斑點約莫就是血跡。換句話說，這張紙箋是命案發生當下，王沢源一郎揮毫書寫的東西。

「咦，這是什麼意思？」看著上頭的文字，我不禁納悶。

紙箋的左上方寫了一個「休」字，右側寫了一個「王」字，在「王」下方則是一個「沢」字。

「這次寫的是清楚的漢字哪。」天下一湊上來，打量著紙箋上的字。

「『休、王、沢』……啊，我知道了！」我立刻命令部下，「去把王沢謙介帶過來，」目送部下離去後，天下一問：「警部，你爲什麼覺得凶手是謙介？」

「你還看不出來嗎？」我咧嘴笑了笑，摸摸鼻子下方的鬍髭：「源一郎在紙箋寫下凶手的名字『王沢』。」

「他們全家都姓『王沢』啊。」

「要看『休』字，這就是關鍵。」

「怎麼說？」

「命案當天，王沢謙介沒去上班，源一郎想表達的就是這一點——凶手是『休假在家的王沢』，簡略就是『休、王、沢』。」

「那先前的『W、E、X』，要如何解釋？」

「啊啊，那個……」我拔著鼻毛，「大概跟命案無關吧。」

「嗯……」天下一交抱雙臂，歪起頭想了想：「轉得有點硬。」

「隨便啦！」我向天下一使了個眼色，「反正在這部小說裡，我就是負責漫無邊際地胡亂推理。」

王沢謙介被帶了過來，我理所當然地開始逼供，但他矢口否認涉案。我的部下徹底調查謙介的人際關係與最近的行動，該說是意料中還是意料外？我們並未發現任何具有說服力的殺人動機，而且案發當時謙介與洋子在打網球，也是不爭的事實。到頭來，我們只能將謙介自嫌犯名單中剔除。

「唔……到底是怎麼回事？我真是拿這案子沒轍！」我重複著這句老臺詞，沮喪地搔著頭。不過，這也代表我在小說中的任務告一段落。

之後，又有些新的證詞出現，有些可疑人物出現，也有些既不奇怪也不可疑的人物出現，經過一堆與主題沒多大關係的橋段，故事即將迎向結局。天下一從源一郎的藏書中，找出一些成語故事書籍翻看，不知在查什麼。問他在幹麼？他馬上支吾其詞、顧左右而言他，這也是古典偵探的特色吧。同樣地，我不會特別深究，照例拋下一句「哼，反正你這種外行人，再怎麼查，也查不出個所以然啦！」便打住，這是我們之間的默契。

最後，終於到解謎的時刻，偵探天下一將所有相關人士召集到寬廣的大廳。

「好了，各位。」偵探環視眾人，按老規矩先來這麼一句。「這次的案子非常有深度，在我的偵探生涯裡，頭一回遇上如此特異的狀況。這是一起經過精密計算才犯下的罪行，對於想得出這種犯罪手法的凶手，我打心底佩服。」

以上的發言，其實就是想說「看吧！這麼了不起的犯罪計畫，還不是被我破解」。換句話說，就是天下一變相地往自己臉上貼金。

「一開始令我起疑的，就是源一郎社長爲何會在死在自宅？爲什麼凶手冒著被目擊的風險，侵入王沢家殺人？這一點正是揭露眞相的重要關鍵。」

偵探翻弄三寸不爛之舌，滔滔不絕，用字遣詞相當誇張，卻沒講什麼了不得的事。歸納一下，重點就是——凶手想栽贓給王沢家的人。天下一只是把這麼簡單的結論講得很複雜罷了。

他講了一大堆有的沒的之後，整段解謎終於漸入佳境。

「說明到這裡，想必在場有人察覺眞凶是誰了吧？沒錯，凶手只有一個可能——就是你。」天下指著名叫「山田一夫」的人物。

這個山田打故事一開始，便不時出來串場，晃來晃去。爲了不讓讀者留下印象，作者刻意把他描寫得很沒特徵，一般絕不會懷疑到他頭上。

「長久以來，山田先生不斷爲了公司辛苦付出，卻遭到源一郎社長狠心背叛，於是心生怨恨，犯下殺人重罪。山田先生，我說的對嗎？」

山田並未否定天下一的指謫，頹喪地垂下頭：「我們公司從很久以前便假借政治獻金的名義持續賄賂政治家，這項業務一直都是由我負責。但最近事跡恐將敗露，王沢社長竟要我扛下全責，還說什麼『犧牲小我，顧全大局，是天經地義』……」他不禁哭了起來。

山田被銬上手銬，眾人目送他離開大廳。

「天呀，山田先生為人那麼好，怎會……」

「一定是被逼得走投無路吧。」

眾人紛紛表達錯愕的感受。

此時，我突然想起一件事。

「喂喂，等一下。天下一，我們抓到凶手，但那兩則死前留言呢？你還沒解開那個謎啊。」

「對耶、對耶，我挺在意的。」

「究竟是怎麼回事？」

「你這偵探未免太不盡責了吧！」

登場人物接連發出不平之聲。

「請大家冷靜一點！我知道了、我知道了！」天下一揮著手安撫大家，「現在就來解謎。」

天下一咳一聲，「如同各位所知，源一郎社長是在練書法時遇害，但社長遭襲之後，並未當場死亡，在倒地前抓了桌上的紙箋與毛筆，試圖寫下一些訊息。源一郎社長知道洋子夫婦就在院子的網球場，所以將寫好的紙箋從窗戶丟出去，想通知洋子。」

「啊啊，我可憐的爸爸！」洋子的演技相當誇張。

「但源一郎社長遇上一個問題。」

「什麼問題？」

「大量的血流滿他的臉，眼睛都睜不開了。因此，他只得在什麼都看不見的狀態下書寫，造成有些字沒能準確地寫在紙箋上，而是寫到地毯上，也就是那三個狀似『W、E、X』的痕跡。問題在於，上了年紀的源一郎社長不太可能以英文留言。因此，我分析種種可能性，終於明白，其實那是一串日文片假名。」天下一在紙上寫下書房地毯的那串死前留言，將整排字倒過來，亮在眾人面前。「各位明白了吧？這個W其實是『ベ』，E是『ヨ』，X則是『ヤ』。」

「哇，太厲害了！」

說實在的，這謎底簡單得要命。我們只是配合劇情需要，不得不演出欽佩不已的模樣。

「但這樣還是不知源一郎究竟想說什麼啊。」

「接下來，請看紙箋的部分，上頭寫了『休、王、沢』三個字，單看是看不出所以然的，於是我大膽推測，恐怕源一郎社長原本正往這張紙箋上寫書法，突然遇襲後，倉促間試圖寫下死前留言，才會形成連串語焉不詳的文字。那麼，他原本是想寫什麼在紙箋上呢？」天下一拿出一本成語辭典翻開，「如山田先生所說，源一郎社長的信條是『犧牲小我，顧全大局』，而有一句成語恰恰是這個含意——『枉尺而直尋，宜若可爲也』。此話出自孟子，『尋』代表八尺的長度，整句話的意思是，彎曲一尺則能伸長八尺，用以比喻所屈者小、則所伸者大，寫成四字成語就是……」

天下一在紙上寫下「枉尺直尋」四個字。

「源一郎社長遭到山田先生襲擊的時候，剛寫完『枉尺』兩個字。也就是說，源一郎社長想寫下的並不是『休王』，而是在睜不開眼的狀況下，將片假名『イ』寫到了『枉』字的左邊位置。他也不是想寫『沢』，而是將片假名的『シ』寫到了『尺』的左邊。」

「這麼說來，源一郎先生留下的訊息，其實是……」

「將寫在紙箋上的文字與地毯上的文字連接起來，就會變成這樣。這就是瀕死的源一郎社長留下的最後一句話。」

天下一將手上的紙攤在眾人眼前，上面寫著：

イシャヨベ——

（快叫醫生來）

「呃……嗯嗯嗯嗯嗯。」

看到謎底的那一刻，所有人頓時沉下臉，但很快便紛紛演出恍然大悟的神情。

# 第五章

## 不在場宣言——時刻表詭計

案發現場在長野縣輕井澤的某間旅館，被害者是年輕女性，所以，又輪到我大河原番三出馬……讀到這裡，也許有人會問：「你什麼時候變成長野縣的縣警？」請大家不要太在意這些小細節，繼續看下去吧。

警方很快查明被害者的身分。她是在東京都內的ＡＢ電機上班的粉領族古井株子，在資材部待了十年，相當資深。

株子被掐死在雙人床上。發現屍體的旅館服務生供述，他進到房裡時，見棉被蓋在株子頭上，以為她還在睡，卻怎麼都搖不醒，只好將棉被一掀，赫然看到全裸的株子雙眼無神地望著虛空。

根據驗屍的結果，我們確定株子的死亡時間是在週六——也就是昨天的下午五點到晚上九點之間。此外，調閱旅館住宿紀錄得知，訂房的是株子本人，當天下午五點至櫃檯辦理入住手續的也是她。櫃檯人員記得株子是單身前來，無人同行。

警方在旅館房間裡找到數根毛髮，化驗後發現全是株子的，驗屍結果也沒性交的跡象，只不過有件事令我們很在意——廁所裡的馬桶座是掀起的。

「依我看，女性不會沒事獨自去住雙人房，那天可能有男人和她一道，而那男人就是殺死株子的兇手。」對於我在搜查會議上的這番發言，同事紛紛點頭表示同意。

「不見得吧，大河原警部。」有人唱起反調，「兇手也可能是女同性戀，掀起馬桶座是想掩飾性別，製造兇手是男性的假象。」

「可是，以一般常識判斷——」話說到一半，我發現某人混在列席的刑警中，不禁張口結舌。沒錯，就是一身皺巴巴西裝、頂著一頭亂髮、戴了副圓框眼鏡的天下一大五郎，即各位熟悉的——呃，也許不熟悉的人比較多吧——這部「天下一探案」系列的主人翁。

「喂，喂喂，喂喂喂喂喂！」我指著他那髒兮兮的頭，「你為什麼會在這裡？這裡不是外行偵探來攪和的地方，快滾出去！」

「唔，關於這個……」天下一搔了搔雞窩頭，「大河原警部，這次我是演警察。」

「你？演警察？怎麼回事？」

「好像是這次的案件不適合我這種古典偵探出場。要讓我名偵探的角色得到充分的發揮，還是要神祕的大富豪被殺死在陰森大宅院裡，或是在怪人聚集的鎮上發生連續殺人之類的案子才對味吧。」

「這次的案發現場是在避暑勝地的旅館，被害者又是上班女郎……原來如此，的確不適合名偵探出場。」

「我也這麼覺得。」

「可是，為什麼我覺得這次的氣氛完全不同？『天下一系列』不是都會飄著一股恐怖又異樣的氛圍嗎？」

「大概是這次兇手使用的詭計，必須發生在充滿現代感的世界才有說服力。」

「嗯嗯，這樣啊……那就沒辦法了，這回你乖乖演警察吧。不過，這身打扮不行，去換套衣服再過來！」

「果然不能這樣穿……」天下一搔著頭走出去。

被害者的人際關係——尤其是與男性的交往關係，在員警的奔走調查下逐漸明朗。由於這次故事不是走名偵探孤軍探案的模式，警方的偵察進展非常迅速，新的事實一一浮現。

第一個浮上檯面的嫌犯，是古井株子的前男友——只野一郎。他目前仍與株子任職於同一家公司，很可能由愛生恨，一時衝動犯下殺人罪行，我們立刻盯上他。

只野身材中等，長相平凡到很難讓人留下印象。他承認曾與株子交往，但堅稱兩人現在已毫無關係。

「不過，聽說古井小姐想與你重修舊好？」我在株子公司的大廳質問只野。當然，在現實世界中，警部不可能站上最前線聽取情報，可是我一直坐在搜查本部裡，小說又會很無趣，只好親自出來偵察。

「請別開玩笑了！」只野氣得瞪眼，「我剛結婚沒多久，和她重修什麼舊好啊！況且，我跟她的關係根本沒有大家謠傳的那麼親密，只是她在工作上幫了我一點忙，我請她吃過一、兩次飯表示感謝。不知她是會錯意還是怎樣，居然到處說我對她有意思，我才是受害者好不好！」

「那你和她上過床嗎？」

「怎麼可能！」只野平凡的五官浮現怒意。

「我明白了。那麼，麻煩告訴我，發生命案的那天晚上你在哪裡？喔，這是例行詢問，不必想太多。」

這便是在調查所謂的「不在場證明」。沒錯，敏感的讀者……或許不怎麼敏感的讀者也一樣，大家都察覺這次玩的梗了吧？

只野不悅地回答：「嗯，那天晚上，我和老婆在家看錄影帶。」

「誰能證明你在自家？好比，有人當晚打電話給你，或是前往貴府串門子？」

「呃，沒有……」只野皺起眉，「可是，老婆能證明我在家。」

「這樣啊，我瞭解了。」話雖如此，我想讀者都很清楚，親屬的證言不具法律效力，於是我在記事本寫下「沒有不在場證明」。

「只野不是凶手。」只野離開後，身旁突然有人冒出這句話。驚慌地回頭一看，天下一盤起胳膊站在我身邊。

「哇！」我嚇得差點從椅子摔下，「你什麼時候混進來的？」

「我一直在這裡啊，畢竟這次我扮演大河原警部的搭檔。」

「哈哈，輪到你當華生。」

「哼，那可不一定。」天下一冷冷笑著。

「好了，言歸正傳。你說只野不是凶手，根據的是什麼？」

「他沒有不在場證明。」

「你的推理太奇怪了吧，正因他沒有不在場證明才可疑。」

這時，天下一露出奸詐的笑容：「哎，誰看不出這次的詭計是……」

天下一說到一半，我連忙比手勢堵住他的話：「喂喂喂喂，不能現在就把梗戳破啦！」

「可是，你剛剛不是說，讀者應該都知道了嗎？」

「就算如此，我們在聽到『那個宣言』之前，還是得裝作不知情，這是基本的禮貌。」

「對喔，還要等『那個宣言』……」天下一偏了偏頭，「的確，說出『那個宣言』的瞬間，正是這類小說劇情升溫的時候……也好。」

至於「那個宣言」究竟是什麼？各位只要看下去就會知道。

之後，只野以外的相關人士逐一接受偵訊，問題各有不同，唯有一個是共通的：「發生命案的那天晚上，您在哪裡？」截至目前爲止，所有人都沒有完美的不在場證明。

命案發生第四天，「蟻場耕作」這個名字出現在警方列出的關係者名單上。這名叫蟻場的男子是生產事業部課長，近來公司裡謠傳他圖利某個特定業者。換句話說，他可能收受賄賂，洩漏其他業者的估價，讓特定業者以最低價格得標，而協助掩護他的不法行爲的，就是古井株子。警方暗中調查收賄案，只不過目前還沒有確鑿的證據。

所以，這次的命案，極可能是蟻場害怕收賄被揭露，決定殺人滅口。於是，我們找蟻場來問話。

蟻場身材纖瘦，帶有些許病態的神經質。當我們有意無意地提到賄賂一事，他蒼白的面孔立刻脹紅。

「那是誣賴，全是子虛烏有的事！眞是……眞是太可怕了，那是毀謗！胡扯，一定是嫉妒我躋身菁英幹部的傢伙故意散播的謠言！」

就我們手邊蒐集到的資料，沒有任何紀錄顯示蟻場是公司的菁英幹部，但他似乎是這麼認爲。

「可是，你和古井株子交好是事實吧？」

「那也是有心人造謠！的確，由於工作上的關係，我常和她談些公事，但僅止於此。這樣就謠傳我和她有私交，實在是……」蟻場一副張牙舞爪的氣憤神情。

「我明白了。」我收起記事本，「在你工作時打擾，眞是不好意思。這陣子可能還需要向你請教一些事，到時候請多多關照。」

聽到我這麼說，剛剛一副心有不甘模樣的蟻場，突然睜大眼盯著我。「呃，這樣就問完了？」

「是啊，謝謝你的配合。」

「喔，那個……」蟻場向我身邊的天下一露出求援的眼神，「你們是不是……少問了一個問題？」

「噢……」天下一輕呼一聲，手肘頂了頂我的側腹。「大河原警部，那個啦！問那個問題。」

「嗯，什麼？」

「那個問題啊！那、個！」

「咦……啊啊，那個！我差點忘了。」我乾咳一聲，再次望著蟻場問：「那麼，最後再請教一個問題——古井小姐遇害的那天晚上，你在哪裡？」

這麼一問，蟻場臉上閃過一絲愉悅，不過他大概想起自己的立場，旋即皺起眉說：「你是在懷疑我嗎？儘管是在辦案，未免太超過了吧！」

「我們明白這個問題的確令人不快，眞是抱歉。不過，這是例行詢問，請你配合一下。」

「哼，眞是的。」蟻場拿起一旁的記事本，慢吞吞地逐頁翻閱。沒多久，他的手停下。

「嗯，那天晚上……」

「當晚你在哪裡？」天下一問。

蟻場頓時挺起胸膛，雙眼炯炯有神，張得大大的鼻孔吸了好大一口氣，接著一鼓作氣說出下面這段話：

「那天晚上，我去大阪出差，住在新大阪車站附近的飯店。辦理住宿手續是晚上十一點多，你們去查就知道。服務生幫我搬行李去房間的時候，我和他聊了幾句，只要把我的照片拿給那個服務生看，他一定能替我作證。爲了讓服務生不忘記我，還特地讓他好好看清楚我的長相。不過，如果只有這個證言，你們大概會認爲，在輕井澤殺人之後趕一下路，還是來得及在晚上十一點回到大阪吧？從輕井澤搭乘信越本線到長野大概一小時，轉乘篠之井線接中央本線到名古屋約三個小時，再從名古屋坐新幹線回大阪，還要花一小時，加上等車和換車的時間，趕在下午五點前從輕井澤的旅館出發，應該來得及。不過，事實上是怎樣都來不及，絕對不可能。嘻嘻嘻嘻嘻，因爲我那天在東京總公司一直待到下午四點！雖然是星期六，我仍先進公司一趟。關於這一點，公司門口的警衛可以作證，我離開公司前特地和他打了招呼，當然也讓他好好看清楚我的長相，所以警衛一定記得我。還有，我在下午四點離開公司，抵達上野車站已四點半，就算立即搭上越新幹線前往輕井澤，抵達旅館大概是六點四十幾分，如果我在旅館殺人再返回輕井澤車站，也要七點半了，這樣絕對來不及經由長野前往大阪。那麼，如果我先回東京再去大阪呢？哼哼，從輕井澤趕回東京，最快九點半才會抵達，那時候就沒有開往新大阪的新幹線了。嘿嘿嘿……沒車了啦！就算有班次，搭最快的『希望號』(*1)到大阪要兩個半小時，抵達時早就超過半夜十二點。也就是說、也就是說呀，我有完美的不在場證明！哦呵呵呵……」

蟻場耕作宛如享受著人生最愉悅的一瞬，臉上洋溢著幸福，嘴角甚至流出口水。

對啦，這段話就是傳說中的『不在場宣言』。

*1　即「のぞみ」列車，於一九九二年增設的新幹線，是現時東海旅客鐵道（JR東海）東海道新幹線和西日本旅客鐵道（JR西日本）山陽新幹線中，運行時間最短、最快速的班次。

「眞是的……」告別蟻場耕作之後，天下一臭著臉。「受不了，這類『破解不在場證明』小說的凶手總是這副德性。」

「別這樣嘛，對他們來說，最期待的就是宣告的瞬間。」

「哼，蟻場那傢伙，未免太多話了吧！他以爲自己是當紅藝人嗎？現實世界裡哪有人會把自己的行程表記得那麼仔細，還眞的照表操課！」

「畢竟是辛辛苦苦編出來的不在場證明，一逮到機會發表，難免不自覺地賣力說明。」

「我也不是不能理解……只是，我很不會應付這種『破解不在場證明』的劇情。」

「畢竟你不是擅長解這類謎團的偵探，通常是刑警或自由作家在處理吧。」

「爲什麼會這樣？」

「爲什麼……」我歪起頭，「其實我也不太清楚。」

「姑且不論主角必須是警探還是什麼，你不覺得這類『破解不在場證明』的小說極度缺乏推測凶手或殺人動機的趣味性嗎？我就沒辦法樂在其中，大概是跟我的興趣不合吧……雖然我也承認，作家很努力讓這類小說呈現出各種不同的面貌。」

「這也沒辦法吧。要是不事先闡明動機，就無法鎖定嫌犯；而鎖定不了嫌犯，就沒有所謂的不在場證明，故事也就不成立。」

「可是，冷靜想想，你不覺得努力編造不在場證明的凶手很蠢嗎？就是心思全花在這上頭，一旦詭計拆穿，根本毫無辯解的餘地。只要沒證據，再怎麼可疑都不會被逮捕，搞不好沒有不在場證明還比較安全。我總覺得，凶手這麼做是自掘墳墓。」
「你這樣不是一竿子打翻所有設下詭計的犯罪手法了嗎？像是『消失的屍體』或『密室』之類的。」
「不要提起『密室』，」天下一臉色大變，「那是禁語！」
「喔，抱歉、抱歉。」我差點忘記天下一有密室過敏症，立刻道歉。「我能理解你說的，但這類『破解不在場證明』的小說有一群忠實讀者，無論作者或我們這些登場人物，都有義務好好回應讀者。」
「真的有那麼多讀者愛看這類小說嗎？」
「真的啊！」我加重語氣，「當中最受歡迎的，就是將觀光勝地巧妙寫進故事裡的作品，可能是藉由閱讀順便感受旅行的氣氛吧。至於無法推理凶手與殺人動機這一點，你覺得無趣，但在這些『不在場證明』小說迷眼裡正好相反。恐怕他們對於猜凶手、推測動機根本沒興趣，或壓根不想將腦力花在推理上吧。這類讀者其實比想像中多，大概平日忙工作就暈頭轉向，不希望閒暇讀個小說還要動腦筋。」
「是嗎？那麼，不在場證明小說讀起來不是更累人？得記住凶手是搭幾點幾分發車的某某線快車到某某車站下車，再轉乘幾點幾分出發的特快車去哪裡……之類的，光用想的頭都昏了。另外，有些作品不是會附上相關的火車時刻表嗎？我就坦白招供，我從沒認真看過那些表格，反正也看不出個所以然。」

「你眞的很不懂讀者的心理，」我嘆了口氣，「那些表格，就算是不在場證明小說迷也沒在看。」

「什麼！不看那些表格，要怎麼推理？」

「沒人在推理啊，大家都悠哉地旁觀主角推理，這樣才不會累。然後，到了最後的最後，讀完謎底，知道來龍去脈就心滿意足。」

「我的天啊！」天下一瞪大雙眼，不過旋即沉吟：「嗯嗯，這麼說來，搞不好純粹的本格推理迷，也是以這種態度在看小說……」

「就是這麼回事。好了、好了，牢騷就發到這裡爲止。」我拍拍天下一的背，「我們回小說的世界去吧。」

我們針對包括蟻場在內的數名相關人士，進行嚴密詳實的偵訊與調查。嫌犯人數逐漸減少，最後只剩蟻場一人。

然而，蟻場一如他所力陳，擁有鋼鐵般無法撼動的不在場證明。這下搜查陷入膠著，換個毫無新意的說法就是——我們觸礁了。

「也就是說，」我身邊的天下一刑警開口：「蟻場並不是凶手嘍？」

「不不不，」我搖著頭，「還無法斷定。」

「他可是有不在場證明。」

「我知道，所以才可疑。」

「要是擁有不在場證明的人可疑，還有很多相關人士都有不在場證明耶。」天下一若無其事地說著。明知我的立場，他卻故意裝傻讓我難堪。

「不，蟻場尤其可疑。」我不服輸地反擊，「他有殺人動機。」

「那麼，如果是這種狀況呢？」天下一說：「蟻場指使另一個人去殺死株子，同時為自己準備完美的不在場證明。」

「呃……嗯，也是有這種可能啦……」我暗暗嘖了一聲，這該死的傢伙眞多嘴。「不過，這起案子肯定是蟻場獨力幹的。別的不提，我們並未發現可能的共犯。」

「那只是我們沒逮到人，不代表沒有共犯吧。」

「這樣講也是啦……」我乾咳一聲，「總之，這次一定是蟻場一個人幹的！不在場證明是他要詭計編出來的！沒錯，一定是這樣！」

「是嗎？你有什麼根據？」

「根據……就是……這是……刑警的直覺！」

天下一一聽，竟笑了出來。我狠狠瞪他一眼。

這類「破解不在場證明」小說的天敵，便是「共犯」。如果嫌疑最大的相關人士擁有完美的不在場證明，一般情況下，警方首先會懷疑的不是他的不在場證明，而是有沒有共犯。雖然要證明沒有共犯並不簡單，全天下的警察都不會只因找不到共犯，就認定共犯不存在。然而，這類小說若是一直拘泥在「共犯是否存在」上，不單故事進行不下去，讀者也會愈看愈焦躁。所以，在這種時候，祭出「刑警的直覺」這張莫名其妙的王牌，是最快速的解決方法。

「總之，我們再徹底調查一遍蟻場的不在場證明吧。看看他有沒有可能在下午四點離開東京，前往輕井澤，然後在晚上十一點多抵達大阪。」我硬是將偵辦方向拉回「破解不在場證明」這條線上。

想當然耳，調查進行得並不順利。要是這個時刻表詭計只消警方查查發車時間、打幾通電話詢問一下就能破解，表現不出傳統「破解不在場證明」小說的趣味性。就是得一一推敲凶手是不是使用其他交通工具？是不是選擇令人意想不到的路線？警方費盡心力不斷質疑猜測，再眼看著這些可能性一一被否定，才是這類小說最引人入勝之處。

「嗯，這究竟是怎麼一回事嘛！」搜查進度一直原地踏步。結束一場毫無進展的搜查會議，我坐在辦公椅上喃喃抱怨：「這個不在場證明實在太完美，眞是令人束手無策。」

「又開始哀哀叫啦。」一旁的天下一一副事不關己的樣子。

「你還眞悠哉，本來這部系列小說的主角應該是你吧？」

「這次我又不是演偵探。」梳著西裝頭的天下一看著手上的鏡子，擺出怪姿勢。

「可是，你要是不跳出來解決，這故事不會結束。你就幫個忙好嗎？」

「眞是拿你沒辦法。」天下一將鏡子放到桌上，「請立刻安排我和蟻場耕作見面，我一定會讓他招供。」

「就等你這句話！」我不禁拍手。

我們和蟻場約在飯店的咖啡廳。蟻場臭著一張臉，顯然在責怪我們的糾纏不休。

「今天約你出來，」天下一開口：「是爲了不在場證明一事。」

「有什麼問題嗎？」蟻場眼中閃過一絲光芒，「那天我在下午四點離開公司，如果直接前往車站，往返輕井澤最少要五個半小時。這麼一來，回東京時已沒有開往大阪的新幹線，就算有班次……」

「也無法在晚上十一點到達大阪，我們很清楚。此外，我們設想幾種可能的路線，好比到輕井澤殺人之後不返回東京，直接沿著日本海前往大阪……」

「結果呢？」蟻場眼神中帶著不安，湊近問道。

「不行。」天下一回答：「反倒更花時間。」

「看吧、看吧，更花時間！」蟻場雙眸閃耀著愉悅，「哈哈哈哈哈，看吧！就說不可能。哈哈哈哈哈，你們還想出什麼可能的狀況？」

「嗯，像是不搭電車，改爲自行開車，在中央高速公路上狂飆之類的。」

「結果呢？」

「這也行不通。」

「哇哈哈哈哈哈！」坐在椅子上的蟻場笑到快岔氣，「行不通嘛！你看吧，開車是不行的，從輕井澤旅館到上高速公路那段路太難掌握時間。」

「所以，我們警方得出以下結論——」天下語氣嚴肅：「你不是凶手。」

我錯愕地望著天下一，但比我更震驚的是蟻場。只見他雙眼睜得老大，嘶著嘴問：

「咦，你這話……是什麼意思？」

「沒什麼意思。由於你的不在場證明十分完美，無懈可擊，我們決定將你自嫌犯名單中剔除。」

「是喔。不不，等一下！那……那我的不在場證明又怎麼解釋？」

「不必解釋。你那天從東京搭乘新幹線前往大阪，如此而已。只是，這段期間輕井澤不巧發生古井株子的命案，但你有不在場證明，所以你並無嫌疑。閣下真是好運氣！」

「好說、好說……喂，不應該是這樣吧！」蟻場環顧四周，壓低話聲：「你們明知我是凶手吧？那麼，想盡辦法破解我的不在場證明，不正是你們的職責嗎？」

「哎，剛剛不是說了嗎？我們怎麼都破解不了，所以決定相信你的不在場證明，沒有什麼詭計。」

「這是什麼話！」蟻場急得跳腳，「這是詭計，是詭計呀！」

「不，不是詭計。」天下一搖著頭，「從東京前往輕井澤殺人，再跑去大阪，絕不可能在七小時內辦到。」

「我就辦到了啊！」

「哦，你是怎麼辦到的？」

「就是……」話才出口，蟻場突然猛搖頭：「等等，拆穿詭計是你們的工作吧？」

「看吧、看吧，你說不出來，根本辦不到嘛！我一直覺得事有蹊蹺，你一副呆樣，怎麼瞧都不覺得你能想出多了不起的詭計。」天下一的話愈來愈難聽。

「你……你未免太沒禮貌！我可是憑一己之力，想出這個不在場證明詭計。」

「所以，我才問你，究竟是怎樣的詭計？」

「無法奉告。」

我無奈地看著兩人一來一往的脣槍舌戰，似乎多少能體會這類鑽研「不在場證明」的凶手特有的複雜心態。對於設計出來的不在場證明詭計，他們都有相當程度的自信。在這一點上，與使用密室詭計等「不可能犯罪」的凶手，其實沒兩樣。

不同的是，「不在場證明」若沒人拆穿，凶手使用的詭計便永無公開之日，也沒人知道凶手是否眞的用了詭計。相較於「密室」詭計，只要有人在反鎖的房間裡遇害身亡，所有讀者都很清楚，凶手肯定是用了某種詭計才能在殺人之後脫身。「不在場證明」這種東西，只要偵探一放棄懷疑凶手，詭計就消失得無影無蹤，彷彿一開始便不存在。

當然，如果這是現實世界裡發生的案子，沒人拆穿不在場證明，凶手應該會大呼萬歲吧。但在虛構的小說世界裡，就沒那麼簡單了。詭計沒被識破，只會讓眞凶頓失立場，畢竟他們恐懼著自己設計的不在場證明逐步被破解的同時，內心某個角落也一直期待著，那精巧構築、穿梭時間與空間的魔術，公開在讀者面前的瞬間。

「這樣吧，」蟻場一臉諂媚，「我給你提示，你再破解看看我的不在場證明，好不好？就這麼說定！這件事當成我們之間的祕密，讀者那邊我也會保密。」

「不必費心，我放棄了。」天下一冷冷拒絕蟻場的提議。

蟻場完全慌了手腳。這時，一名身穿套裝的美女走來，遞一份文件給天下一。天下一一副理所當然的神情接過文件，還親暱地向她道謝。

「喂喂，這女的是誰？」我問天下一。

「她？我的祕書啊。」

「祕書？你何時有這樣……」

「哎，別計較這麼多。要緊的是……」天下一面向蟻場，「抱歉，狀況有變，你果然是凶手。」

「咦？」事態急轉直下，蟻場一臉困惑，不過他很快回到角色上，神色嚴峻地說：「你又在胡扯什麼？先破解我完美的不在場證明吧！」

「當然，我已破解。」天下一看了看手上的文件，「首先，那天在下午四點離開東京的公司之後，你搭乘新幹線前往高崎，轉乘信越本線前往輕井澤，抵達旅館是下午六點半左右。接著，你殺害古井株子，再回到輕井澤車站時，大約是七點半。」

「嗯嗯，然後呢？」

「然後，你搭上信越本線，在八點半左右抵達長野車站。」

「再來呢？我從長野要怎麼去大阪？」
「你在長野轉乘ＳＥＪＡ即可前往大阪，大約十點半抵達。你有相當充裕的時間能夠——」
「等等！請等一下！」蟻場著急地揮著雙手打斷天下一的話，「……什麼是ＳＥＪＡ？」
「你不知道嗎？就是『日本阿爾卑斯縱貫超特快』。」
「咦——!?」蟻場和我異口同聲叫了出來。
「那是什麼？幾時冒出這條超特快路線？」我問。
「剛剛通車的。這ＳＥＪＡ不簡單，筆直縱貫阿爾卑斯山脈呢！好了，蟻場先生，你的不在場證明破解了。」
「等等、等等，我沒搭什麼ＳＥＪＡ！我殺死株子的那天，這條路線根本還沒通車。」
「很抱歉，這種解釋是行不通的。出版的書就算了，即將出版的新書要是獨漏這麼重要的交通路線，會被讀者笑死。」
「可是，我眞的沒搭ＳＥＪＡ。我使用的是更巧妙的詭計！」
「別再講那些五四三，要怪就怪拖稿拖到ＳＥＪＡ通車的作者吧。」
「那麼，至少讓我發表一下不在場證明的詭計，好不好？好不好嘛？你也很想知道吧？」
「我沒有很想知道啊。好了，跟我去警局吧。」
天下一拖著蟻場便往門口走去，蟻場嗚嗚地哭了起來，一邊呢喃著「拜託，誰來破解我的不在場證明……」。

# 第六章

# 「花樣粉領族氤氳溫泉鄉殺人事件」論

## ──兩小時單元劇

火車的車廂內（午後）。

我吃著鐵路便當，窗外是染上秋色的群山。

喝了口茶，我露出笑容。

「哎呀呀，眞是快活！棘手的案子終於告一段落，今年一直沒能好好休假，我早就想一個人去泡泡溫泉。這次鼓起勇氣向上頭請假出來玩，眞是來對了。」

說完，我不禁皺起眉頭。

這臺詞是在交代個什麼勁？

身旁又沒人，我是在對誰說話？我這個角色明明沒有自言自語的習慣。

此外，這篇開頭也很奇怪。劈頭就是「火車的車廂內」，這部分倒還能理解，但那個「（午後）」是怎麼回事？有人這樣寫小說的嗎？

算了，當成沒看見吧，這是我難得的休假。

我叫大河原番三，是警視廳搜查一課的警部。

也許有讀者會說「等等，老兄，你上回不是在長野縣當縣警嗎？」哎，在這個「天下一探案」系列裡，各位就別計較這麼多了。

言歸正傳，我正要前往關東北部的某知名溫泉鄉，預計抵達旅館的時間是下午四點左右。

這次的下榻處是山田屋旅館。相較於那些徒具「旅館」之名、蓋得豪華鋪張的「大飯店」，走的是純日式風格，帶了點古色古香的氛圍。客房數量雖然不多，像我這樣單獨旅行的旅客也能享受到寬敞而舒適的房間。投宿這家旅館，果然是明智的選擇。

距離晚餐還有些時間。這家旅館著名的天然砌岩浴池澡堂是二十四小時開放，我不想太早去泡，以免泡得太舒服，吃飯時頭暈就糗了，所以決定先去附近的街上晃晃。

眼前是溫泉鄉常見的街景，販售名產與紀念品的商店一字排開，觀光客在店門前走走停停，雖然他們通常是光看不買。

由於這處溫泉鄉位於山中，沒什麼像樣的名產，也是生意清淡的原因。勉強說來，只有一種叫「溫泉紅豆餅」的小點心比較特別。尺寸很小，一口就能吃掉，但外觀看上去和一般的紅豆餅沒兩樣，搞不好吃下肚也察覺不出有什麼特別。不過，所謂的「名產」不都是如此？

我在一家紀念品商店前停下腳步，賞玩著店裡擺出來的木偶、鑰匙圈等小禮品。

此時，身旁一名女子出聲：「不好意思，請給我一盒十個裝的溫泉紅豆餅。」

我轉頭一看，是個二十多歲的長髮女子（藤原邦子，二十四歲），正在買溫泉紅豆餅。

女子從店員手中接過禮盒，邊付帳邊問——

邦子：「請問，這紅豆餅能放多久？」

店員：「大概一個星期。」

邦子：「這樣啊，謝謝。」

女子心滿意足地走出店門。我望著女子的背影低聲說——

大河原：「年輕女孩果然愛吃甜食。」

咦？

怪了，我怎麼又喃喃說起莫名其妙的臺詞，到底是怎麼回事？還有，這次文章的寫法也很奇怪，在臺詞之前怎會加上什麼「邦子」、「大河原」呢？真是詭異。

慢著……這文體我好像在哪裡見過……

我突然有股不祥的預感，趕緊返回旅館。

晚餐在六點半送來房裡，我享用著鯉魚生魚片與鹽燒石斑，一邊喝啤酒。

原本是想一個人安安靜靜享受溫泉鄉之夜，現實卻沒能如我所願。不知哪來的團體客在旅館裡大開宴會，我在房裡都聽得到高分貝的喧鬧。大型觀光飯店才可能將宴會廳規畫得離住房區遠一點，像這樣的小旅館就沒辦法了。

女服務生拿加點的啤酒進來，我忍不住向她抱怨一下，和善的女服務生立刻皺起眉。

「那群團體客來自東京，好像是員工旅遊。打擾到您休息，真是抱歉。」

「還好啦，不是什麼大問題，別放在心上。」

或許是吃得太飽，用完餐後我看著電視，不知不覺打起盹，猛然驚醒時，已是晚上十點多。大老遠跑來，當然得泡過溫泉才回去，於是我拿起毛巾往肩上一披，便步出房間。

穿過走廊時，某間房的門突然拉開，兩名年輕女子走出來。

一名女子（青木正子，二十四歲）扶著另一名女子（邦子）。

正子：「妳還好吧？」

邦子：「（點點頭）嗯，只是有點累。」

我看到被攙扶的女子，不禁嚇一跳，眼前頓時浮現她傍晚在街上買溫泉紅豆餅的畫面。

兩名女子進入另一間房，拉上門。

大河原：「她也住在這裡啊！」

我低喃著，回過神來……

等一下，怎麼又是這種莫名其妙的文體？而且，我又在自言自語，到底怎麼回事？對話中居然會出現什麼「（點點頭）」，未免太奇怪。

這……該不會是「那個」吧？

不不不，絕不可能是「那個」。我用力甩了甩頭，彷彿要將不祥的想像從腦中抹去。我繼續朝大澡堂走去。

我走進這家旅館最自豪的砌岩澡堂。浴池裡恰巧沒人，於是我在溫泉中舒暢地伸長手腳，盡情享受。但開心沒多久，一名男子進來。他身材修長，外表挺帥的，年紀大概三十前後。

男子（山本文雄，三十二歲）似乎覺得溫泉太燙，皺著眉慢慢踏進浴池。他看到我，微微點頭示意，我也點頭回禮。

山本：「您是一個人來旅行嗎？」

大河原：「是的。」

山本：「眞是令人羨慕，我也很想來趟個人旅行。」

大河原：「您是全家出來玩嗎？」
山本：「不是的，是公司的員工旅遊。」
大河原：「這樣啊（點點頭）。不過，有年輕女孩同遊不是很好嗎？」
山本：「也不盡然，處處顧慮她們挺費神的。」
大河原：「是喔。」
兩人一道離開澡堂，並肩穿過走廊時，青木正子迎面跑來，對著山本說——
正子：「山本先生，不好了！邦子不見了！」
山本：「藤原不見了？妳確定？」
正子：「眞的不見了，我到處都找不到她！」
山本叫住經過的女服務生，低聲交代著什麼。
我開口問正子——
大河原：「妳說的邦子，是妳剛剛扶進房的那位小姐嗎？」
陌生男人突然問話，正子難掩訝異，但仍很快回答——
正子：「是的，就是她。我們本來在玩撲克牌，邦子突然表示不太舒服。」
山本走過來，對正子說——
山本：「我請旅館的人去附近找找，妳也快去叫大家幫忙找人。」
大河原：「我也來幫忙吧。」

山本：「真是不好意思，那就麻煩您了。」

旅館周邊。旅館人員、山本的同事等等，許多人尋找著邦子，不時傳來呼喚邦子的聲音。

大河原：「她究竟跑去哪裡？」

沒多久，某處傳出慘叫，我立刻衝過去。

只見旅館的女服務生直挺挺地站在樹林旁。

大河原：「怎麼了？」

女服務生顫抖的手指向前方，一身浴衣的邦子就倒在地上。我衝上前確認生命跡象。

大河原：「她……她死啦！」

向當地警察說明狀況之後，我回到案發現場。蒐證工作仍在進行，別家旅館的旅客紛紛湊過來，警員忙著支開看熱鬧的人群。

這……真的太奇怪了！

我並不是指命案本身奇怪，而是這篇故事奇怪，總覺得不像是小說。仔細想想，我似乎身陷以奇妙文體構成的世界……難道，真的是「那個」？

前方一名刑警的怒吼打斷我的沉思。

「不行就是不行，要我說多少次？想看熱鬧到那邊去！喂，誰來把這傢伙拖走好嗎！」

「怎麼了？」我問身旁的警察。

「呃，有個人自稱是偵探，無視警方的勸阻，一直吵著要看命案現場。」
「偵探？叫什麼名字？」
「好像是姓天下一。」
「又是那傢伙！」我不禁皺起眉。
天下一大五郎，本系列小說的主角，是一名古典偵探，總是穿著皺巴巴的西裝、頂著一頭亂糟糟的頭髮，古董手杖與鼻梁上的圓框眼鏡是他的正字標記，而我的角色就是用來襯托他的聰明才智。
「我和那傢伙很熟，讓我處理吧。」我往警察圍起的人牆走去。
「要我說幾次，這裡不是外行偵探來攪和的地方……」刑警的怒吼持續傳來，我不禁想起平時的自己。我來到他們的面前。
「喂，你幹麼大老遠跑來溫泉鄉給警方添麻——」
眼前的景象嚇得我話都說不下去。站在刑警跟前的，並不是我熟悉的偵探天下一，而是一頭長髮的年輕女孩，有著宛如偶像歌手的姣好臉蛋，迷你裙下是一雙修長的美腿。
「啊，大河原警部！」不顧我目瞪口呆的糗相，女孩愉快地呼喚我。
「大河原警部，快點告訴這些人我的來歷啦！告訴他們，我就是那個頭腦明晰、行動力超群的名偵探天下一。」
「你、你是……你是……」我不禁吞了吞口水，「你什麼時候變成女的？」

沒想到，天下一也是一臉訝異。

「咦，警部，你不知道嗎？這次我演女生。」

「為什麼你得演女的？」

「這次是兩小時單元劇的世界呀！」女孩答得乾脆，「說得精確一點，是週日推理懸疑劇場的劇本。」

「兩小時單元劇的劇本……啊啊，我就知道。」難怪不時會出現奇怪的文體，原來是在寫劇本。「唉，『天下一系列』終於改編成兩小時單元劇……」我不禁嘆息。

「沒辦法，聽說作者抵擋不住金錢的誘惑，答應讓小說改編成單元劇。」

「真是夠了……」我沮喪地垮著肩，忽然抬頭看著天下一問：「可是，為什麼改編成單元劇就要你演女的？」

「咦，你不曉得嗎？大部分的兩小時單元劇，主角都得設定成女的。主要觀眾層是家庭主婦，不這麼做，收視率拉不起來。能保持男兒身的，大概只有十津川警部（*1）和淺見光彥（*2）等少數幾個人吧。」

「……所以，天下一大五郎也變成女生？」

*1 西村京太郎筆下最膾炙人口的警部——十津川省三。

*2 內田康夫系列代表作的主人翁。

「是的，我叫天下一亞理沙，就讀東京女子大學三年級，是推理研究社的一員，請多指教嘍！」

眞是夠了——我又嘀咕一次。

「話說，妳這位天下一亞理沙又爲什麼會在這裡？」

「咦，當然是來泡溫泉的呀！人家偶爾也會想一個人出來散散心。」

「是喔，那不就跟我一樣。」說到這裡，我撇嘴撫了撫下顎，嘟囔著：「眞是低劣的設定。飾演偵探的女大學生和飾演配角的警部各自計畫一人旅行，卻偶然下榻同一家旅館，而就在那家旅館裡，命案發生……這作者眞偷懶，唉，我連嫌都懶得嫌。」

「好啦、好啦，別那麼在意。」天下一嬌媚地搖搖手，「反正，大河原警部這次也不是普通的配角。」

「什麼意思？」

「你這次的角色非常重要，必須與女主角——也就是我這個女大學生，有著若即若離的情愫，電視機前面的主婦都非常關心我們的進展。」

「太老套了吧！」我不禁仰天嘆息，「而且，我居然得和天下一湊成對？饒了我吧，光想都覺得噁心。」

「這次的偵探天下一又不是平時那個髒兮兮的邋遢男，換成青春活潑又美麗的女大學生耶，有什麼不滿嗎？」天下一鼓起雙頰。

「好啦，這也是我的命。我們回故事的世界吧。」我深深嘆了口氣。

經過當地警方的調查，藤原邦子的命案輪廓更清楚了。她是被氰酸鉀毒死，遺體旁留有喝沒幾口的易開罐烏龍茶。警方推測，邦子是和著烏龍茶吞下氰酸鉀。此外，還在邦子房裡發現一張便條紙，上頭寫著「大家保重，拜拜。藤原邦子」。

邦子的幾名同事也不約而同地供述「她這陣子都沒什麼精神」，當中警方尤其在意青木正子的證詞。

據正子所述，藤原邦子不久前失戀，對象是公司另一部門的內田和彥。正子指出，邦子和內田和彥的戀情只有幾個密友知道，沒想到內田和彥卻和邦子的女同事——坂本洋子訂婚，對邦子的打擊非常大。此外，內田和彥與邦子她們是不同部門，這次的員工旅遊並未同行。

綜合以上證詞，警方傾向認定邦子的死是過不了情關而自殺。再加上，邦子老家是冶金工廠，取得氰酸鉀不難，警方也在邦子的皮包裡發現裝有氰酸鉀的小瓶子。

取得上述情報之後，案發隔天早上，我約天下一在旅館附近的瀑布碰面。這座瀑布是本地的觀光名勝之一，大老遠跑來出外景，當然不會錯過。

大河原：「邦子絕對不是自殺。」

天下一：「你很有自信嘛。」

大河原：「邦子昨天在買溫泉紅豆餅時，問了店員紅豆餅的保存期限。聽到能放一星期，她還一臉心滿意足，也就是說，邦子買紅豆餅是要帶回去送人，怎麼可能自殺？」

天下一：「的確很奇怪，看來需要深入調查一下。」

大河原：「我和東京那邊聯絡過，他們會協助調查藤原邦子的人際關係。」

天下一：「好久沒碰到這麼有意思的案子，又是我大展身手的時候嘍。」

大河原：「喂喂，妳別搶著出鋒頭。」

天下一：「哎，不知道是誰每次都靠我的推理搶下功勞？」

這時，天下一亞理沙突然腳下一滑，我連忙衝上前抱住她，四目相交，又急忙分開。靦腆的兩人——

「這橋段太俗氣啦！」我抱頭大喊：「現在都什麼時代了，哪有人愛看這種戲啊！」

「不過，這是電視劇的不成文公式，不來上一段是不行的。」天下一坐到一旁的大石上，「話說回來，關於凶手，你心裡有譜嗎？」

「沒有，妳知道凶手是誰了嗎？」

「八九不離十，」天下一眨眨眼，「我剛剛偷看演員表。」

「演員表？」

「這次演山本文雄的是岩風豪一。」

「什麼！那位岩風豪一？」我大大點頭，「那麼，凶手就是山本。兩小時單元劇裡的岩風豪一，每次都是演凶手。」

「是呀。」

「不過……這種推理方式不太好吧，哪有偵探以演員表來猜凶手的。」

「可是，電視機前面的婆婆媽媽幾乎都是這樣猜出來的，還樂此不疲。」

「觀眾是觀眾，身爲登場人物的我們不能比照辦理啊！」

「哎，你不覺得這個故事改編得非常無聊嗎？原著比較有趣。」

「原著是怎樣的作品？」

「書名叫《幽閉的季節》。」

「哦，聽起來不錯，改編的電視劇保留了原書名嗎？」

天下一亞理沙無奈地搖搖頭，「劇名是《花樣粉領族氤氳溫泉鄉殺人事件》。」

我不禁倒退好幾步，差點沒掉進瀑布。「什麼跟什麼啊！『幽閉的季節』怎會變成『花樣粉領族』？又爲什麼是『氤氳溫泉鄉』？」

「不僅如此，其實全名是《花樣粉領族氤氳溫泉鄉殺人事件——三角關係終點的死亡，究竟是自殺還是他殺？籠罩祕湯之地的恐怖愛憎迷宮！大學俏妞偵探天下一亞理沙與糊塗警部登場！》。」

我全身力氣頓失，當場蹲了下來。被拖下水演這種莫名其妙的戲就算了，竟被稱爲「糊塗警部」，我還有什麼立場可言。

「我一直很納悶，」坐在石頭上的天下一交抱雙臂，「將小說改編成電視劇是不錯啦，但不知爲何，改編的電視劇總是偏離原著，而且幾乎每一部都被改編得比原著無聊，到底是發生什麼事？還是，寫劇本的人發自內心覺得改編成這樣較有趣？」

「他們在意的應該不是有不有趣，而是收視率吧。與其忠實呈現原著錯綜複雜的故事，不如改編爲陳腐但簡單易懂的劇情，再視狀況加上一些戀愛元素，才能拉抬收視率。」

「是嗎……」天下一長吁一口氣，「這麼說吧，日本國內的推理小說如此氾濫，電視劇的製作人卻老在抱怨適合搬上螢幕的作品太少。我總覺得這種說法很怪，最近的作家遠比過去注重視覺上的描寫，照理小說應該更容易影像化。這陣子也出現不少優秀的冷硬派小說與冒險小說，要是能改編成電視劇，應該會很有趣。」

「可是，做節目的人不覺得那些小說適合改編成兩小時單元劇。」

「沒錯。一個原因是預算，另一個原因則是收視率。電視劇製作人一開始就把觀眾群鎖定在家庭主婦吧。」

「那些製作人心中認定的『適合改編爲兩小時單元劇』的原著，必須以女性爲主角，故事簡單易懂，還要帶有愛情元素。只在符合這些條件的小說裡尋尋覓覓，當然會覺得好劇本難找。」

「所以被逼到最後，即使原著的主人翁是男的，也只能硬改編成女的。」深受其害的天下一亞理沙，撩了撩秀麗的長髮。

「還有，最近推理小說的新人獎多了起來。仔細一看，不少獎項的獎金都是由電視臺提供，而且一出手就是一千萬圓。他們的動機恐怕都是想取得適合改編成電視劇的劇本。」

「或許吧，但應該不至於讓難以拍成電視劇的參賽作品落選……」天下一的話語中難掩不安，低頭看了看手表，突然慌張站起。「糟糕，我得回旅館去了。」

「怎麼？」我問。

「這部戲演一半了啊！從九點開始播，演一半就是十點，正是觀眾想轉臺的時刻，得趕快以我的出浴鏡頭抓住他們的視線。」

明明鎖定的是女性觀眾層，依然得插入這類養眼畫面，電視圈眞是難以理解。

之後在故事的世界裡，回到東京的天下一偵探一一拜訪相關人士，逐步釐清案件背後隱藏的事實。當中摻雜許多早期肥皀劇裡常見的愛恨交織情節，自然是電視臺爲了迎合家庭主婦觀眾層的喜好，其實與故事的主軸完全扯不上邊。

終於，在天下一的奔走之下，確認死者藤原邦子的交往對象並不是內田和彥。此外，邦子曾懷上對方的孩子，只是似乎流產了。

天下一清查邦子PDA裡的通訊錄，希望過濾邦子的異性關係，沒想到通訊錄裡完全沒有男性的名字，於是天下一將所有電話與住址列出來，逐一確認。邦子很可能爲了隱瞞交往一事，將男友的聯絡電話以女性的名字登錄。果不其然，我們查出「鈴木花子」這個假到不能再假的化名，登錄的號碼正是山本文雄的電話，還查出山本已與社長的女兒論及婚嫁。

天下一約我在東京的咖啡廳見面，告訴我她的推理。

大河原：「妳是指，山本爲了與老闆的女兒結婚，除掉藤原邦子這個絆腳石？」

天下一：「應該沒錯。」

大河原：「可是，山本當時和我一起在泡溫泉，他是怎麼讓邦子喝下毒藥的？」

天下一：「這一點就是山本的詭計啊！他利用大河原警部製造不在場證明。」

大河原：「咦，怎麼說？」

天下一：「根據解剖結果顯示，邦子死前吃下溫泉紅豆餅，但那並不是她買的。她買的紅豆餅根本沒開封，整盒包得好好地放在她的行李裡。換句話說，邦子吃的是別人拿給她的紅豆餅，毒藥恐怕就是下在那個紅豆餅中。」

大河原：「紅豆餅裡摻有氰酸鉀？」

天下一：「嗯，山本那天晚上應該是約邦子在命案現場見面。他可能事先告訴邦子：『我會晚一點到，妳就邊吃這個邊等我吧！』然後，將下毒的溫泉紅豆餅和烏龍茶交給她。」

大河原：「原來如此，那紅豆餅小小的，一口就能吃掉，現場才會只找到沒下毒的烏龍茶。這麼一來，就能設計成邦子是服毒自殺，眞是巧妙的詭計。」說完，我離開故事的世界，不耐煩地拿起咖啡大口喝下。「什麼巧妙的詭計！這種爛伎倆連小孩都騙不了啦，哼！」

「兩小時單元劇裡出現的詭計，大概這種程度就夠了吧。」天下一的語氣多少帶著自暴自棄的意味。

我們再度回到故事裡。

大河原：「可是，還有個謎團沒解開。」
天下一：「我知道，是那封遺書之謎吧。」
大河原：「是的，根據警方鑑定的結果，那的確是邦子的筆跡。」
天下一：「我記得內容是『大家保重，拜拜。藤原邦子』，沒錯吧？嗯，真令人想不透。」
此時，身旁兩名高中女生正討論著信要怎麼寫。
女孩A：「哎，最後要怎麼收尾？」
女孩B：「隨便寫寫就好，像是『大家保重，拜拜』之類的。」
女孩A：「哦，這樣啊。」
天下一和我面面相覷。
天下一：「是寫信！山本將邦子從前寫的信件，轉用到遺書上。」
兩人站了起身。
「這是什麼差勁的謎團！」我又離開故事的世界，抱頭大喊：「遺書的詭計差勁就算了，連解開謎團的契機都這麼隨便，到底懂不懂推理精神啊！」
「沒辦法，不快點解決謎團，兩小時內根本演不完。」
如天下一所說，接下來的劇情發展只能以「急轉直下」形容。首先，警方發現山本文雄的親戚在經營鍍金工廠，而山本最近曾去拜訪這戶親戚，也發現工廠保管的氰酸鉀莫名減少的事實。之後，警方又查出藤原邦子曾寫信給從前學校社團的學弟妹。根據社團學生表示，那封信的最後就是寫著「大家保重，拜拜。藤原邦子」。天下一向學生借那封信，學生回答不久前搞丟了。深入追問才發現，前陣子有名陌生男子在社團辦公室外頭徘徊，依學生描述的長相研判，那名男子應該就是山本文雄。

如此這般，事實一件又一件浮出檯面，我們的偵探天下一會怎麼做？

照理，像她這種外行人，只要將查出的情報告訴警察，剩下的交由警方處理即可。只是，兩小時單元劇的偵探主角往往不這麼做，都會故意將凶手叫到人煙稀少的地方，親自與凶手確認自己的推理是否正確。

所以，這次我們的天下一也將山本約到港口。不知爲何，單元劇中偵探與凶手對峙的場景總是在港口。

我和天下一等待著山本。沒多久，山本依約前來。

山本：「有什麼事非找我出來不可？我工作忙得很，沒那麼多美國時間陪你們玩。」

天下一：「只要你說實話，我們不會占用你太多時間。」

山本：「『說實話』？什麼意思？」

天下一：「是關於邦子小姐的事。山本先生，殺死邦子小姐的就是你吧！」

山本的眼神閃過一絲驚慌，旋即換上有恃無恐的笑容。

山本：「妳胡扯些什麼！」

天下一：「不是胡扯。你貪圖下任董事長的寶座，對邦子小姐始亂終棄，殺害了她。」

接著，天下一念起囉哩八唆的冗長臺詞。演這種場面一定相當傷神吧？雖然不關我的事，仍不免同情起這幫演員。演凶手的尤其可憐，面對偵探滔滔不絕的演說，明明沒機會開口，卻不能在一旁呆呆地聽，還是得想些表情、做做樣子，眞是辛苦。

漫長的解說終於告一段落，天下一對山本說——

天下一：「你的詭計完全被我識破了，快點認罪吧。」

山本：「可惡！」

山本拔腿就逃，警察突然從四面八方包圍他。

刑警A：「山本文雄，我們以殺人罪嫌逮捕你。」

這是電視劇裡常見的畫面，但仔細想想，就會發現劇情相當荒謬——那些警察爲什麼要躲在一旁，聽外行偵探對凶手解謎？想像他們躲在一旁的樣子，實在令人忍俊不禁。

被逼到走投無路的山本站到堤防邊。

刑警B：「山本，別做傻事！」

山本露出冷笑，打算往海裡跳。

此時，山本突然抽離故事的世界。

「讓我說句話吧！」山本開口：「你們這些演主角的或許肚子裡有不少牢騷，但小說改編成兩小時單元劇，最大的受害者其實是凶手啊！在這起案件中，原本我是以更巧妙、更複雜的詭計殺害邦子，可是要說明太麻煩，就改成這麼簡單的伎倆……」

「原來是這樣。」我低喃道。

「更悲慘的是，連我的殺人動機都被改掉。原本在小說裡，我的動機更有深度、更富戲劇性，只是牽涉到敏感的歧視問題，硬是改成單純的愛情糾葛……你們能瞭解我的苦衷嗎？」

「我明白，」一旁的天下一回答：「我非常明白。」

山本點頭笑了笑，回到電視劇的世界裡。

警察包圍著他。

刑警Ａ：「抓住他！」

山本：「可惡！」

山本躍入海中。此時，恰巧有艘潛水艇駛過，山本撞上潛水艇，當場死亡。

「等一下，爲什麼這種地方會有潛水艇？」我俯視著海面問。

「本來書中的設定是讓山本在堤防上被車撞死……」天下一說：「但那會衍生出一些問題，所以劇本就改成這樣。」

「原來如此。」

我想起來了，這齣兩小時單元劇的廣告贊助商，正是某家汽車製造公司。於是，我無言地朝著大海，雙手合十。

# 第七章

## 支解之必要——分屍案

這次是有點噁心的案子。

×縣切裂町的郊外有座幾百公尺高的小山，名叫糸鋸山，日前在山中發現屍體。

只不過，發現屍體的經過有些曲折。

兩名年輕男女騎自行車遊山，在小憩的空檔正打算親熱，突然發現地上長出手掌般的東西。仔細一看，那並不是手掌般的東西，而是如假包換的人掌。

女的嚇得放聲慘叫，男的則是當場失禁。

縣警本部接到通知，立刻派刑警來到切裂町，而擔任搜查總指揮的，便是我——大河原番三。

我們前往現場蒐證，陸陸續續挖出屍塊。

說是「陸續挖出屍塊」，但並不是有好幾具屍體埋在此處。這些屍塊的主人，應該都是同一人。

先是手掌，接著是大腿、臀部、肩膀、手臂……屍塊逐一挖掘出來，最後才發現頭部。由於死者留有一頭長髮，我們初步研判是女性。

對，這就是所謂的分屍命案現場。看人挖屍塊是非常不舒服的一件事，那些沒遇過大案子的鄉下巡查看沒多久就衝進樹林大吐特吐。

「唔，凶手眞是太殘忍了……」我拿手帕掩著口鼻呻吟。

此時，身後傳來熟悉的嗓音。「不好意思、不好意思，各位，請讓一讓。」

我回頭一看，一名穿著皺巴巴格子西裝、戴著圓框眼鏡、頂著一頭亂髮，還拿根手杖的年輕男子，不顧員警的制止，企圖闖入封鎖線。

「讓他進來吧。」我吩咐部下。

自稱名偵探的天下一大五郎走近我身邊，「你好，大河原警部。」

「我在想你差不多要登場了。」

「哦，你怎麼知道我會出現？」

「當然是……」我乾咳幾聲才接著說：「我的第六感啦。」

唉，總不好直接說是「依照故事起承轉合的節奏看來，主角差不多該登場了」。

「這次眞是不得了的案子。」天下一語氣沉重，雙眼卻閃閃發亮，宛如拿到珍奇玩具的孩子般興奮。

「是啊，依我的直覺，這次一定相當棘手。你看，屍體根本不成人形，光要確認被害者身分就夠傷腦筋了。」

「說到這個，被害者很可能就是我在尋找的女性。」

「什麼？」我不禁睜大眼。

天下一解釋，大約兩天前，一名中年男子委託他尋找失蹤的妻子。男子姓清井，在切裂町的小學擔任教師。他告訴天下一，三天前的週日——從今天推算回去就是五天前，妻子說要外出買東西，出門後就沒返家。

我們立刻把清井找來認屍。然而，身材細瘦、一臉怯懦的清井聽到是零零碎碎的屍塊，整個人都快昏過去，根本無法進行指認。我們只好請清井妻子固定就診的牙醫過來，比對屍體的齒型與病歷表上的資料。鑑識結果出爐，我們確定這起分屍案的被害者，正是清井的妻子——清井花枝。

「清井花枝是在星期日下午三點左右出門，當時她穿深藍長袖上衣與白長褲，還提著購物袋。雖然不清楚花枝帶多少錢出門，估計她身上的現金應該足夠買一些晚餐的小菜。」天下一翻著封面破爛不堪的筆記本說道。

這裡是×縣切裂派出所的會議室，也是這起分屍案的搜查本部。被害者花枝的丈夫清井得知妻子被分屍，驚嚇過度陷入失神狀態住進了醫院，我們警方只好試著從幾天前便一直在尋找花枝下落的天下一口中問出線索。

「花枝前往購物的這段時間內，有人見到她嗎？」

「書店老闆記得花枝曾走進店裡。看她似乎在找雜誌，老闆上前詢問是否需要幫忙，花枝吞吞吐吐半天，最後什麼也沒買就離開。」

「喔……還有呢？」

「這就是我唯一查到的目擊情報，花枝走出書店後便失去行蹤。」

「最後是在書店被目擊啊……」我盤起胳膊，「這麼說來，花枝離開書店便遇襲。她出門的目的是買晚餐的小菜，要是她去過商店街的蔬果超市或魚店，一定會有目擊者。」

「可是，從書店前往商店街只有一條短短兩百公尺的筆直道路，往來行人不算少，也不是大半夜，在這種眾目睽睽的狀態下可能遇襲嗎？」

「唔……」我呻吟著，「那你認爲是怎麼回事？」

「花枝說要去買東西，約莫只是藉口。她走出書店後，應該是朝著與商店街相反的方向走去。」

「她爲什麼要這麼做？」

天下一露出奸笑，「有夫之婦出門還要跟老公扯謊，不就只有一個原因嗎？」

「紅杏出牆啊……」我點點頭，「好，來徹底清查花枝的人際關係吧。」

「關於這一部分，根據我的調查，花枝是社區合唱團『青空雲雀會』的一員，他們每星期都會聚集練唱……」天下一看一眼牆上的月曆，拍一下手說：「眞巧，今天就是他們練習的日子。」

「好，」我立刻起身，「去蒐集情報吧。」

「我也一起去。」天下一站了起來。

「你不必跟來。後續的事我們警方會處理，沒你這個外行人出場的份。」

「那可不行，接受委託的是我，無論如何都要查個水落石出。」

「哼，隨便你吧。」

在主角偵探與配角警部照例來上這麼一段對話之後，我們一道離開搜查本部。

「哼，總算出現這招。」走沒多久，天下一在我耳邊低語。

「『這招』是哪招？」

「『分屍』啊！其實我前陣子就覺得，作者應該快用上這招了。」看天下一的表情，就知道他已抽離小說的世界。

「嗯，我也這麼覺得。」我暫時將肩負的角色放在一旁。

「在本格推理中，一旦用到『分屍』這個主題，解謎的重點絕對會放在『分屍的必要』上——凶手爲什麼非得支解屍體不可？如果無法好好交代這一點，只會讓讀者留下粗糙而不悅的印象，有點類似消化不良的感覺。」

「最實際的動機，應該是方便搬運屍體吧？」

「沒錯。不過，在本格推理的世界裡，只是出於這個目的便進行分屍，未免太無趣。而且，這次的屍體切割得相當零碎，光是手臂就被切成手掌、上臂、下臂三個部分。純粹是想方便搬運屍體，沒必要支解到這麼細吧。」

「那麼，如果是爲了掩飾死者的身分呢？在現實世界裡有類似的案子……」

「以推理小說的主題分類來看，那種案子應該歸類在『無頭屍案』，而不是『分屍案』，兩者完全不同。何況，這次屍體的顱面完整，指紋也沒消去，我不覺得凶手有隱瞞死者身分的意圖。」

「哎，那我就想不出凶手有什麼原因非得分屍不可啦！」我決定早早投降。

「提到現實中發生的社會案件，過去倒是有凶手將屍體吃了的案例，死者是凶手的女友。」

「嗯，那件案子我也曉得。」我皺起眉，「只能說，現實比小說還詭奇。」

「根據那名凶手的筆錄，外表柔嫩的乳房吃起來其實非常油膩，幾乎難以下嚥。眞正美味的部分是大腿內側的肉，凶手形容口感很像鮪魚肚。」

「別再說了，光是想像就讓人反胃。」

天下一淘氣地笑，「描寫凶手把死者吃掉的小說也是有的，但那類小說的解謎主軸在於『凶手如何處理屍體』，與『分屍案』的作品是兩回事。還有，在本格推理中，並不能將分屍的動機解釋爲凶手是精神異常者，或有分屍癖之類的特殊嗜好。」

「換句話說，本格推理中的『分屍』行爲，需要合乎邏輯的動機，對吧？」

「嗯，雖然我覺得沒必要，讀者卻不會默不作聲。在他們眼中，最理想的分屍動機應該是『爲了完成劃時代的全新詭計，凶手非支解屍體不可』之類的。」

「確實有幾部那樣的小說。」我的腦海浮現兩、三部作品。

「有啊，」天下一點點頭，小聲地補充：「不過，那些小說裡的詭計都不太合常理，在現實世界裡根本無法實行。到頭來，都只是借用『分屍』要素營造恐怖詭異的氣氛，把讀者唬得死死的。只要仔細想想，就會發現全是些騙小孩的詭計，作者壓根沒把法醫學當一回事。」

「唉，人家要怎麼寫，我們管不著吧。」

「嗯，的確管不著。」天下一向我眨了個眼，「而且，再抱怨下去，話萬一說得太滿，只會逼死自己。」

「沒錯，作者也不知道怎麼收拾吧。」

我們望著彼此，噗哧一笑。

社區合唱團「青空雲雀會」練唱的地點是牛山家的客廳，身爲團員的牛山是切裂町的開業醫師。我們抵達牛山家時，合唱團全員——除了花枝，都聚在客廳。不過，這九名團員不是爲了練唱而聚頭。得知花枝死亡的消息後，他們取消今天的練唱，改爲情報交換大會，看來命案的消息早傳遍這個小鎮。也罷，這樣我們警方進行盤問時就不必多費唇舌。

於是，我當著「青空雲雀會」全員的面，詢問他們能否提供任何線索。

「我到現在還是很難相信，居然有人想殺害花枝小姐……」屋主牛山醫師晃著巨大的身軀說道。九名團員當中，包括他共有三名男性。

「她是個非常溫柔善良的人。」

「是呀，花枝是無可挑剔的好人！既穩重又大方，對大家都非常親切。」

「怎會發生這種事？」

女團員紛紛哭了起來。

我接著提出幾個問題，暗中觀察三名男團員。牛山不像壞人，不過似乎有點遲鈍，只顧口沫橫飛地發表關於分屍的醫學知識，完全沒察覺在場的女團員面露厭惡之色。

與牛山個性完全相反的，則是在郵局工作的羊田。這人看上去有些神經質，非常沉默且不起眼，我差點忘記他的存在。羊田的臉色頗差，不知是原本就面如死灰，還是聽到花枝死訊的緣故。

三人當中最年輕的是狐本。乍看之下他頗俊俏，卻不時閃過狡詐的眼神。他發表哀悼清井花枝的言詞，也有些惺惺作態。

接下來，我們找了與花枝最親近的貓村玉子個別進行問話。玉子在鎮上經營服飾店。

我首先問她花枝是否有外遇。玉子要求我務必替她的發言保密，才神祕兮兮地說：「花枝姊對老公頗有怨言。之前一直聽她抱怨在老公身上感受不到男性魅力，可是她最近都沒再提這些事，整個人充滿活力，也變漂亮了，一定是有新歡啦！」

「那個新歡是合唱團的團員嗎？」

玉子露出不以爲然的神情，「不可能吧。牛山先生身材壯碩，骨子裡其實非常怕太太。至於狐本先生，花枝姊很討厭他，不可能和他在一起。」

「羊田先生呢？」天下一問。

「那更不可能。」

「怎麼說？」

「他們的興趣完全不合。」玉子彷彿話中有話，笑得十分曖昧。

我們還是決定調查一下合唱團的男性成員。過程中，我們曾懷疑牛山。他嘴上說很怕太太，背地裡卻有三個小老婆，還曾企圖染指清井花枝。我立刻將牛山找來局裡逼供。

「別再嘴硬，快點從實招來，凶手就是你吧。」

「不是，我不是凶手！」

「少裝傻，你們醫生對於支解屍體都很在行啦。」

「你在胡扯瞎猜什麼啊！」

胡扯瞎猜，便是我在這部小說中的職責。然而，沒多久，由於查出牛山的不在場證明，我們只好放人。

接下來，我盯上狐本。我的推理是，他想追求花枝卻遭拒絕，一時氣憤便殺了她——當然，這也是毫無根據的胡扯瞎猜。

「這根本就是胡扯瞎猜！」偵訊室裡的狐本大吼。

後來，查出狐本也有不在場證明，我們只好放了他。

最後是羊田，我們決定先調查他的平日作息與人際關係，得到以下的報告：

「羊田是從早到晚窩在郵局貼郵票的無趣男子，這麼內向的人不可能犯下殺人這種重大刑案。」

聽取報告之後，我只拋出一句：「是嗎？那就不必追查他了。」

相較於先前對兩名男性團員的窮追不捨，我放棄得異常乾脆。

我們又回頭調查花枝的人際關係，卻找不到可能與她有染的男人。

「你們再去案發現場周圍徹底進行取證和調查，或許凶手埋屍塊的時候有民眾目擊。」我這麼命令部下，但仍一無所獲。

於是，我又在搜查本部裡抱頭長嘆：「唔，到底是怎麼回事？我眞是拿這案子沒轍！」

「我還是覺得，破案的關鍵就在『凶手爲何非支解屍體不可』。」天下一不知何時走來我身邊。

「怎麼說？」

「我想不透凶手爲什麼要將屍體支解得如此破碎？而且，不是雜亂無章地隨便切割，是依循某種章法、規規矩矩地切成一塊塊，還是左右對稱。」

「凶手大概有些強迫傾向吧。」我隨口應道。

「對了，我想到好方法。」天下一突然站起，衝出會議室。

「喂，你要去哪裡？」

「別問那麼多，跟我來！」

我跟著天下一來到貓村玉子的服飾店，店裡只有玉子和女店員兩人。

「不好意思，方便借我一尊全裸的假人模特兒嗎？是辦案需要。」天下一問玉子。

「哦，是偵探先生。當然可以，請用、請用。」玉子爽快答應，動手脫下手邊假人身上的連身洋裝。

「還有，請借我毛筆和墨汁。」

「好的。」

「喂，你想幹麼？」

「等一下就知道。」天下一看著手上的筆記，拿沾墨的毛筆在假人身上畫線。他先在脖子附近拉出線條，接著依序在胸部上方、胸部下方、腋下、手肘等部位畫上墨線。

「偵探先生，這是什麼？」玉子一臉不安地問。

「我正在標示清井花枝的屍體遭切割的部位，當中肯定隱含凶手眞正的企圖。」

「哇，看起來好好玩。」一旁的年輕女店員脫口而出，連忙摀住嘴。

天下一終於停手，整尊假人身上到處是墨線。如天下一所說，凶手的確將屍體切割得十分細碎。

天下一望著假人問我：「大河原警部，你不覺得這些線的定位似乎依循著某種規律嗎？」

「嗯，眞的……」我盯著假人低吟：「好像在哪裡見過……」

「你也這麼想吧！我總覺得似曾相識，卻怎麼都想不起來。」

此時，貓村玉子輕呼一聲。

「怎麼了嗎？」我問。

「不不不，沒事……」玉子垂下臉，搖搖頭。

「那就別發出那種容易讓人誤會的聲音！」我斥責貓村一句，轉向天下一說：「會不會是你想太多？凶手應該只是隨便切切啦。」

「不，我覺得不是隨便切的。」

或許是想不出符合邏輯的解釋支持自己的見解，天下一決定向貓村玉子商借假人回去繼續研究。假人畢竟是服飾店的生財道具，玉子原本不太想出借，然而，畢竟出事的是好友，不協助搜查說不過去，玉子還是點頭。

接下來好一段時日，我依舊命令部下四處探查，或是把可疑人物叫來本部偵訊，當然毫無斬獲，不過這就是我在這部小說中的使命啊！

「說起來，天下一怎麼了？最近都沒看到他。」我問部下。

「其實……天下一先生不在下榻的旅館。」

「不在旅館？沒人知道他跑去哪裡嗎？」

「旅館老闆表示，天下一先生晃出門之後就沒回來，雖然住宿費早付清，旅館方面並無損失，但那個畫滿線的裸體假人留在房內，員工上下心裡都毛毛的。」

「旅館老闆眞是可憐。也罷，那個外行偵探應該是終於覺悟到自己的無力，夾著尾巴逃走了吧。」說完，我特地附上一段「哇哈哈哈哈」的大笑。

這時，一名部下衝進來。

「警部，不好了，又有人失蹤！」

「咦，是誰？」

「服飾店的女老闆。」

「貓村玉子？」我高聲叫道。

我立刻帶著部下來到玉子的服飾店。店裡只剩一名女店員，她說玉子昨晚出門就沒回來。

「妳知道貓村小姐出門去辦什麼事嗎？」我問。

「不曉得，老闆娘離開前什麼都沒跟我說。」

「她臨出門前有沒有任何異狀？」

「嗯……她的神情很凝重。呃，其實上次您和偵探先生來過店裡，老闆娘就一直怪怪的。」

「什麼？妳怎麼不早點通知我們？」

「對不起……我怕太多嘴，會被老闆責怪……」女店員嗚咽起來，我不禁皺眉。

「請讓一讓、請讓一讓！讓我過去！」又是那熟悉的聲音，天下一來了。他撥開人群，進到服飾店裡。

「怎麼又是你？你這段時間跑去哪裡？」

「去調查一些事情。」天下一轉頭問女店員：「妳剛剛說的都是眞的嗎？」

女店員僵硬地點頭。

天下一搔著頭說：「糟糕，我怎會這麼大意！」

「喂，發生什麼事？」

「大河原警部，快走吧，搞不好來不及了。」

「來不及？什麼來不及？」

天下一沒回答，自顧自衝出去，我立刻帶著部下追上。一行人來到老舊的獨棟建築前，門牌上寫著「羊田」。

「凶手就是那個郵局職員嗎？」

「是的。」

天下一「碰碰碰」地猛敲著大門，沒人回應。

「把門撞開吧，玉子小姐有生命危險。」

「好，撞開！」我命令部下。

撞開大門後，我們又破壞玄關的門才進到屋內，卻不見羊田的身影。

「沒人在家……」我說。

「不可能！玉子小姐一定被監禁在屋內的某處，或是已遭……」天下一欲言又止。

「後院有間倉庫。」部下前來報告。

「好，我們過去看看。」

來到後院，矗立眼前的竟是一座豪華倉庫。警察將倉庫團團包圍，天下一大膽走近倉庫門口，將耳朵湊上門板聆聽動靜，接著退幾步，喊道：

「我知道你在裡面，快出來！」

幾秒後，倉庫門打開，羊田垂頭喪氣地走出來，「砰」一聲跪倒在地，全身顫抖著說：「請救救我，請原諒我！我不是故意弄死花枝的！我沒有殺人！那是意外啊，請相信我！」

「什麼？那是意外？給我講清楚！」我大吼。

「我只是……我只是勒她脖子的時候，不小心勒得稍微緊了點，誰知道她就這麼死了……」

「勒脖子？渾帳，這不叫殺人叫什麼！」

「不是的，不是的！」羊田開始啜泣，鼻涕都流下來。

「貓村小姐呢？」天下一問。

羊田指了指倉庫小屋，天下一立刻衝進裡頭。「大河原警部，請過來一下。」

一進小屋，幾近全裸的貓村玉子被五花大綁倒在地上，令人不忍直視，但我仍努力定睛凝望，邊問天下一：「她死了嗎？」

「應該只是昏倒。要緊的是，大河原警部，看這繩子的綁法，你有沒有想起什麼？」

「繩子的綁法？唔……」我盯著玉子的身軀好一會，突然想到：「啊，和那尊假人身上的線一模一樣！」

「沒錯。」天下一點點頭，「綁縛繩子的位置，與假人模特兒身上的墨線完全吻合，這種綁法正是……」他咳了幾聲，「所謂的『SM(*1)緊縛法』。」

「喔……」我不禁發出驚嘆，「難怪我覺得在哪裡見過……原來如此！」

「注意到這點，我推斷凶手必定是SM愛好者，於是四處去查訪SM相關情色產業。有這類癖好的人，一定會在這些特殊的店家出沒。果不其然，我在某家店的常客名單中發現羊田的名字。」

「原來是這樣。」

我倆走出倉庫，羊田仍跪在地上大哭，邊哭邊自白：

「花枝和我大概在一個多月前開始交往，是我主動接近她，因爲我察覺她有ＳＭ的傾向。我們氣味相投、一拍即合，交往後花枝常來我家玩ＳＭ。她總是非常享受，沉溺其中無法自拔，應該是厭倦與丈夫的性生活了吧。」

「其實，出事當天，花枝去書店想買的就是ＳＭ雜誌。」天下一補充道。

「然後呢？」我催促羊田說下去。

「然後……就像我剛剛說的，那天玩得太激烈，一個不小心……脖子勒得太緊……」羊田哭得一把鼻涕一把眼淚，「那眞的是意外，我不是故意的！」

「既然是意外，爲什麼不通知警方？」

「這麼不光彩的事……我怎麼說得出口……」

「渾帳，都鬧出人命了，不跟警察說難道要去跟鬼說嗎！」

「對不起！對不起！」跪在地上的羊田猛磕頭。

「貓村小姐也是你的ＳＭ玩伴吧？」

羊田點頭，「玉子察覺花枝是我害死的，跑來質問我。我怕她會大聲嚷嚷，只好把她軟禁起

＊1 Sadomasochism的縮寫，性虐待嗜好。

來，但我沒打算殺她，只是想說服她別張揚出去……」
「如果只是軟禁，幹麼把她綁成那樣？」
「呃，那、那是……說到綁人，我只知道這種綁法……」
「那幹麼把她脫光光？」
「啊……就不自覺……」羊田搔搔頭。
我們解開貓村玉子身上的縛繩，她終於醒來，一時搞不清楚發生什麼事，睜大眼張望四下。
「好，最後再問你一個問題。爲什麼要大費周章地支解花枝的屍體？」
「因爲……」
「我來替他回答吧。」天下一開口。或許是覺得再這樣下去，謎底都讓凶手自白光了，名偵探的面子沒地方擺，天下一踏出一步。「請想像一下花枝死亡的狀況——她的裸體肯定留下明顯的繩子縛痕，如果沒經過處理便棄屍，等於昭告天下『凶手是ＳＭ愛好者』，尤其是貓村小姐一定會馬上察覺。爲了掩飾縛痕，羊田便依著痕線，將屍體支解。」
「原來如此！我明白了。」我不禁撫掌，接著盤起胳膊低喃：「不愧是天下一，看來這次功勞又讓你搶走了。」
「哎呀，警部過獎，哈哈哈……」
天下一大笑著，羊田突然開口：「呃……不是那樣的……」
「什麼？」天下一停止大笑，瞪著羊田。「不是那樣，又是怎樣？」

「那個……我將花枝分屍，是因爲……我無論如何都想切斷那些痕線……實在忍不住……」

「忍不住？」

「是的。你們也曉得我在郵局上班，每天每天每天都在處理郵票，只要一看到『那個』，就會忍不住想切斷……」羊田指向貓村玉子鬆綁後的身軀。

貓村玉子身上鮮明的繩子縛痕，宛如郵票邊緣的齒孔。

# 第八章

# 不能說的詭計——？？？

五月中旬，天下一大五郎受邀前往黃部矢一朗的宅邸作客。

黃部豪宅由矢一朗的父親所建，當成別墅使用，前往時必須穿越一片蒼鬱的樹海。林中小徑沒鋪柏油，路面十分狹窄，途中若是遇上稍微寬一點的岔路，很可能不小心走錯路。

天下一在中午時分進入樹海。這天豔陽高照，若是走在一般的柏油路上，刺眼的陽光大概會將路面照得發亮，然而，森林中圍繞著天下一的卻是陰鬱的昏暗。他不時停下腳步，頻頻回頭確認來時路，深怕在樹海裡迷路。

天下一滿懷不安走了好一陣子，發現前方有道人影，連忙加快步伐。對方似乎是女性，直挺挺地站在路中央。遠遠看她有著一頭長髮，穿淡藍連身洋裝，天下一難掩期待。那應該是個年輕女子。

「請問怎麼了嗎？」天下一先開口，對方回過頭，一臉訝異。天下一又問：「妳迷路了嗎？」

「啊，不是的……我應該沒有迷路，只是沿途都沒見到人，有點害怕，而且我很久沒來這裡……」她的嗓音很細，說話頗小聲。

「妳要前往黃部先生的別墅嗎？」

「是的。」

「我也是，不如結個伴吧？其實，我獨自走來也怕怕的。」

聽天下一這麼說，女子放心地笑了開來。

女子自稱赤井留美，正要前往黃部家辦理遺產繼承手續。前不久，黃部家的老主人——也就是矢一朗的父親雅吉癌症過世，留下大筆遺產。留美是黃部雅吉與第二任妻子的孩子，十年前母親病逝後，留美便被送回母親的娘家，「赤井」是她母親的舊姓。

「這麼說，妳與黃部矢一朗是異母兄妹？」

「是的。」

「那妳爲什麼會被送回母親的老家呢？」

「父親認爲那樣對我比較好。」

「莫非妳和矢一朗先生處不來？」

「沒那回事，大哥對我很好。」留美語氣相當認眞。

兩人好不容易走出森林，眼前是一棟巨大的建築。「十年沒回來了啊……」天下一身旁的留美呢喃。

出現在玄關的是小個頭的中年男子與纖瘦的高雅婦人。婦人見到留美，大大張開雙手歡迎：「啊啊，留美！好久不見，變得這麼漂亮啦。」

「大嫂都沒變，還是那麼年輕。」

「哪裡年輕，我老嘍！來來來，別說這些，快進屋裡歇歇吧。青野，她就是留美，幫我帶她去房間吧。」

名叫青野的小個頭男子提起留美的行李，說了句「請跟我來」，便步向走廊深處。留美跟上他。

婦人接著望向天下一，「久候您多時，外子在別館。」

「別館？」

「我帶您過去吧。」

天下一被帶到本館旁的一棟建築裡，婦人請他在一樓會客室稍待。等候的空檔，天下一瀏覽著會客室裡的書櫃，黃部家的藏書當中，有許多歌舞伎與寶塚歌劇團的相關書籍。沒多久，婦人——也就是矢一朗的妻子眞知子走進來，告知矢一朗身子不適，希望能直接在寢室與天下一面談。於是，天下一隨著眞知子，來到位在別館二樓的矢一朗房間。

床鋪在窗邊，床上的男人由夫人攙扶坐起。

「我是黃部矢一朗。不好意思，我的雙腳行動不便，恕我只能坐在床上見您。」男人開口：「請您前來，是希望您能幫忙調查某人的底細。」

「某人是指……？」

「就是那個男的。」矢一朗指向窗外。天下一順著他的手望去，只見本館一樓窗邊有個年輕男子。

「那位是……？」

「他叫灰田次郎。」矢一朗說：「自稱是我父親的私生子。」

「咦！」天下一不禁睜大眼。

據黃部矢一朗所述，三天前，灰田來到這棟宅邸，拿著黃部雅吉的親筆書簡，堅稱他有權繼承遺產。在雅吉的遺囑裡，的確提到他寫過這麼一封書簡，並聲明只要有人拿書簡前來，矢一朗便應承認那人爲兄弟，並分予遺產。然而，矢一朗無法信任突然冒出的男子，也懷疑那份書簡的眞實性。

「所以，我想請您調查這個人。您願意接下這份工作嗎？」

「我明白了，請交給我吧。」

「太好了！那麼，您今晚就住下吧，明天再調查也不遲。我會等您的調查報告出來，再處理遺產繼承的相關事宜。」

「我會全力以赴。」天下一答道。

當天晚上，黃部邸本館的餐廳辦了一場晚宴，不過賓客只有赤井留美、灰田次郎與天下一。矢一朗行動不便，用餐都是在自己房裡，負責接待三人的就是眞知子與司機兼廚師的青野。

「話說，黃部雅吉的遺產折算現金大概値多少？」灰田次郎問道。

聽到露骨的詢問，眞知子不禁沉下臉，回答：「細節要問律師才知道。」

「哼，反正一定是足夠揮霍一生不愁吃穿的金額吧。」

「你拿父親大人的遺產，是想大肆揮霍嗎？太差勁了。」留美說。

「嘿嘿，是嗎？」灰田奸邪地笑著，「那妳打算拿遺產做什麼？」

「遺產用途什麼的，我想都沒想過！與其拿去亂花，我寧可捐給不幸的窮人。」

「眞是心地善良，那我介紹一個不幸的窮人給妳認識吧！」灰田笑著，以餐刀指著自己的鼻頭。「就是在下。」

留美猛地站起，咬著下脣強忍怒氣，向眞知子與青野謝過這頓晚餐，便匆匆走出餐廳。目送她身影遠去的灰田嗤嗤笑著，一旁的眞知子冷冷瞪著灰田。

黃部家安排給天下一的客房位於本館二樓東側，正下方就是灰田的房間，斜下方則是留美的房間。打開窗戶，恰恰可望見對面別館二樓矢一朗夫婦的寢室。

天下一在窗邊吹風納涼，對面矢一朗夫婦寢室的窗戶正好打開，看得到坐在床上的矢一朗。

「晚安。」天下一打聲招呼，矢一朗微微點頭致意。

這時，槍聲響起。

槍聲似乎是從正下方傳來，天下一立刻探出窗戶想往樓下看，沒想到力道過猛，整個人飛出窗外。天下一在空中翻了一圈，一屁股摔到地上。

「痛痛痛痛痛……」天下一揉著屁股起身，連忙望向一樓灰田房間的窗口，赫然目睹一名男子衝出灰田房門，床上倒著胸口淌血的灰田。

「天下一先生，剛才是什麼聲音？」青野自一樓窗戶探出頭問。

天下一大喊：「有小偷！人還在宅邸裡，請馬上封鎖玄關！」

他忍著臀部的痛楚，從窗戶爬進灰田的房裡，跟在凶手的後頭來到走廊上。此時，隔壁的留美衝出房門，身上披著鮮紅睡袍。

「發生什麼事？」

「留美小姐，請待在房裡不要出來！」天下一邊喊一邊奔向玄關，但留美不聽勸，跟上天下一。

走廊盡頭有一道人影，天下一反射性地擺出應戰姿態，但很快發現對方是青野。

「青野先生，有沒有看到一個男的衝出去？」

「沒有。」青野搖頭。

天下一望向一旁通往二樓的樓梯。這麼看來，凶手已跑上樓。天下一毫不遲疑地衝上階梯。他將二樓所有房門逐一打開確認，卻不見半個人影。最後，天下一進到自己的房間，但一切都和他從窗戶摔下之前沒兩樣。

「天下一先生，究竟發生什麼事？」聽到窗外有人呼喊，天下一抬頭一看，眞知子站在別館二樓寢室的窗畔，不安地望著他。矢一朗應該已躺回床上，天下一沒看見他的身影。

「凶手……消失了……」偵探茫然地呆立原處。

天下一建議向警方報案，但他們馬上發現中計。凶手不單剪斷電話線，還把所有車子的輪胎戳破。要報警，只能徒步穿越那片樹海。若是明亮的白天還勉強出得去，但現在是三更半夜，這麼做無疑是自尋死路。

「沒辦法，只好等天亮。」天下一下了判斷。

然而，奇蹟似地，幸運降臨黃部家。兩名迷路的登山客來到黃部邸借宿，而這兩名登山客，正巧是如假包換的警官。一名是年輕的山田巡查，另一名是以擁有明晰的頭腦與準確的判斷力著稱的大河原番三警部——也就是在下。

「什麼叫『明晰的頭腦與準確的判斷力』？這樣往自己的臉上貼金，你不害臊嗎？」天下一滿臉不耐地出來迎接我。

「哼，你每次登場不也都自稱『頭腦明晰、行動力超群的名偵探天下一大五郎』嗎？」

「我是爲了彌補作者差勁的敘事能力。」

「我也是啊。」

「你的描述應該和我的完全不一樣吧？你在這部小說裡的角色，明明就是以拙劣的推理四處攪局的配角警部。」

「哼，眞是抱歉，反正我就是配角。」

「好啦，別說這些。大河原警部，你知道這起案子的經過了吧？」

「當然，這篇故事從開始到現在的旁白都是我負責的。」

天下一皺了皺眉，「什麼『旁白』？這可是小說，應該叫『敘述』吧。」

「還不都一樣。話說回來，這起案子眞有趣。」

「沒錯，」天下一也是一臉興奮，「我精神都來了。」

「從目前狀況來看，這次應該歸爲『凶手憑空消失』的類型吧。」

「『凶手憑空消失』嗎……」天下一不以為然。

「怎麼，你有意見？」

「不是有意見……我只是覺得，把『凶手憑空消失』單獨視為一種類別有點怪。你想想，劇情裡包含『凶手憑空消失』的推理小說多不勝數，而且通常都帶有其他的謎團要素。」

「你的意思是，有更適合這起案子的分類？」

「有的。」

「那你就快說啊，別賣關子。」

「呃……我不能說。」

「搞什麼，為何不能說？」

「一般的本格推理，通常是以謎團來分類，對吧？好比，『密室殺人』、『破解不在場證明』、『死前留言』之類的，這些類別都明示謎團的性質，讀者卻不會因事先得知分類而對故事失去興趣。讀者想知道的是，在這些分類標籤提示的謎團背後，究竟使用何種詭計。甚至可說，在本格迷眼中，像這樣一開始就貼上『密室殺人』或『破解不在場證明』標籤的作品，反倒能當成他們選書的依據，方便許多。」

「嗯，我有同感。」

「然而，在本格推理小說中，有為數不少的作品不該以謎團分類，而應以『詭計』——也就是『謎底』區分比較適合。遇上這樣的作品時，若將其分類告訴尚未讀過的人，是非常沒禮貌的，等於直接掀開謎底。」

「你的意思是，這次的案子就是屬於這種『不能說』的類型？」

「沒錯。」

「咕，眞是麻煩。」

「就是這樣，請不要演到一半就講出不該講的話。」

「我知道啦！」

「那就好，我們回小說的世界吧。」

案情的來龍去脈由管家青野代表向兩名警察詳細說明，天下一與眞知子夫人都在場。矢一朗行動不便，赤井留美過度驚嚇，各自待在自己的房裡。

聽完青野的說明，我哼一聲，大剌剌坐上客廳的沙發。

「簡單地講，凶手趁這個外行偵探磨磨蹭蹭的時候，從某個窗戶逃走了嘛！」我瞪向天下一。

「不，凶手應該來不及逃跑。」青野說。

「你不能以一般人的體力與反應力來衡量，凶手很可能是職業殺手。」

「可是，事情發生後，我將整棟宅邸徹底檢查一遍，發現除了灰田先生的房間外，本館一樓所有房間的窗戶都是從內側上鎖。」

「那就是從二樓逃走啦！運動神經發達的人要從二樓跳窗逃走又不難。」

「不，那也是不可能的。天下一先生在二樓調查時，我一直在樓下監視著窗口，並未看到任何人從窗戶逃走。」

「你確定沒看漏？」

「絕對沒有。」青野斬釘截鐵地說，接著望向一旁的眞知子。「夫人在別館窗邊應該也看得很清楚。」

「是……是呀……」夫人微微點頭。

「妳沒看到任何人從本館的窗戶逃出去嗎？」我再度向夫人確認。

「我想是沒有……」

「這樣啊……」我盤起胳膊，兀自嘟囔著，靈光一閃：「我知道了，凶手犯案後，先躲在這棟宅子的某處，再趁大家慌亂之際，大大方方逃走。」

「我們宅子裡無處可藏人，我全部檢查過了。」青野語帶不滿。

我重重拍了眼前的桌子，「那你說啊，凶手究竟跑去哪裡？」

「我要是知道，就不會在這裡跟您吵啦！」青野不甘示弱地回嘴。

我的表情像是嘗到難吃的食物。「算了，再去案發現場看一遍吧。」說著，我帶山田巡查離開客廳。

倒在床上的灰田一身藍色睡衣，從他毫無抵抗的跡象看來，恐怕是在睡夢中遭到槍擊。換句話說，非職業殺手也能準確命中被害者的胸口。

依天下一的陳述，案發當時灰田房間的窗戶開著，凶手很可能是從這扇窗子入侵，犯案後也打算從窗子離開。沒想到，天下一突然從二樓摔了下來，凶手不得不往走廊的方向逃逸。問題在於，之後凶手穿過走廊跑去哪裡？

「唔，到底是怎麼回事？」我照例哀號，「我眞是拿這案子沒轍！」

「看來，警部又觸礁了。」身後再度傳來熟悉的聲音，天下一走進來。

「你來幹麼？不要妨礙警方搜查。」

「我沒有要妨礙你，只是想運用我的推理解開謎團。」

「哼，外行偵探拿什麼翹！山田，我們走！」我拉著山田巡查就走。

「你們要去哪裡？」天下一問。

「所有關係者都得接受偵訊，我們先去找矢一朗。」

「我一起去，可以吧？」

「隨便你，不要妨礙辦案就好。」

一行人步出本館前往別館，才走到一半，天下一又抽離小說的世界：「沒有平面圖耶……」

「平面圖？」

「嗯，在這種以豪宅爲舞臺的本格推理故事裡，若出現凶手憑空消失的戲碼，通常不都會附上平面圖嗎？這次怎麼沒有？」

「喔，你說那個啊。」我點點頭。「的確，附平面圖是約定俗成的習慣，不過天曉得是不是多此一舉。」

「怎麼說？」

「那種東西就像『破解不在場證明』小說裡出現的時刻表，附上表格，只是讓作者能夠大聲表示『我確實提供推理素材給讀者』、『我對讀者沒有不公平』，實際上根本沒幾個讀者會認眞拿著那些圖表進行推理吧。」

「嗯，不無道理。」天下一咧嘴一笑，「我就從沒好好看過那些附在小說前幾頁的『××邸平面圖』。」

「我也一樣。」我倆嗤嗤笑著。

走進別館，我們來到黃部夫婦的寢室。

「凶手大概是專挑別墅下手的小偷，原本是想偷些値錢的物品，沒想到房裡竟有人，一驚之下才開槍殺人。大概只是這樣吧。」躺在床上的矢一朗向我們敘述他的推測，「雖然沒能在第一時間抓到凶手，但那個人應該還在樹海裡徘徊，要是死在森林中，也是自作自受。」

「不過，凶手是怎麼離開這裡的？」

聽我這麼問，矢一朗露出不快的表情。

「從窗戶離開的吧，不然還能從哪裡走？」

「可是，青野管家和夫人都表示沒看到凶手從窗戶離開。」

「他們看漏了吧。當時內人並未從頭到尾盯著本館，青野也沒有您想的謹慎。」

我們接著約赤井留美到本館的客廳問話。回到本館，我們等候一會，赤井留美現身。一見到她，我差點沒從沙發摔下去。我向天下一使了個眼色，兩人離開客廳到走廊上密談。

「天啊，那就是赤井留美？」

「是呀。」

「什麼『是呀』！你眞能裝冷靜。哼，我知道這次的詭計了，就是『那個』吧。」

「是的，就是『那個』。」天下一說：「不過，你絕對不能嚷嚷是看她一眼就得知這次的詭計。」

「爲什麼不行？」

「在小說最開頭見到她的瞬間，我就曉得這次會用上何種詭計。但要是我一開始就戳破，小說便沒得寫，大家也都不必演了，我才一直裝成沒發現這件事。」

「原來如此，那人眞可憐。所以……我也得裝成沒發現？」

「當然。」

「唔，忍著不講很痛苦……」

我們回到客廳裡，對赤井留美進行問話。爲了讓故事繼續下去，我努力佯裝若無其事，實在很辛苦。一旁的山田巡查也拚命忍笑，想必十分不好受。

敏感一點的讀者，想必已看穿這次的詭計，也一定能理解我和天下一方才那段對話的意思。這次的詭計，其實對讀者並不公平，畢竟讀者無法判斷詭計是否成立。即使劇中人物被這個詭計欺騙，不代表騙得過世上所有人。

讀到這裡，不明白我在說些什麼的讀者，繼續看以下的解謎就會明白，而且，大概會掀桌吧。

於是，所有相關人士在本館客廳集合……不，其實少了黃部矢一朗，但天下一表示無妨。凶案發生至今不過三、四個小時，看來他又想在眾人的面前華麗地揭開謎底。

「各位，」天下一開口，「在謎底揭曉之前，我想先釐清一件事，就是——凶手究竟去哪裡？」

「您在說些什麼？我們最傷腦筋的，就是不知凶手去哪裡啊！」青野忿忿回應：「凶手在宅邸裡憑空消失，天下一先生比誰都清楚吧？」

「我明白。不過，人畢竟不是乾冰，不會一陣煙般憑空消失。我換個方式問——凶手有任何機會逃離這棟別墅嗎？」

「沒有。」回答的依然是青野，「案發後，沒有任何人離開過這棟大宅，這一點我能保證。」

「沒錯，我也這麼覺得。」天下一點著頭，「這麼一來，最合理的推論就是——凶手仍在這棟宅邸裡。」

「什麼！」

「怎麼可能！」

眾人神情緊繃，面面相覷。

「然而，這棟宅邸內部無處躲藏。」天下一繼續解釋：「既然如此，只剩下唯一可能的狀況——凶手就在我們當中。」

「怎、怎麼可能！絕對不、不會有這種事！」眞知子夫人身子微微顫抖。

「只有這種可能性。」天下一冷靜應道：「再補充一點，凶手是男的。我親眼目睹，錯不了。」

「我知道了，凶手就是這傢伙吧。」我一把抓住青野的手臂。

青野放聲大喊：「您幹什麼！我沒道理殺死灰田先生吧？」

「可是，在場的男性相關人士只剩你。」

「不是我！我什麼也沒做啊！」青野掙扎著。

「大河原警部，請等一下，青野先生並不是凶手，宅邸裡有另一名男士。」

「咦？」我放開青野，演出一臉糊塗樣。「另一名？總不會是……」

「是的，凶手正是黃部矢一朗。」

眞知子當場驚呼出聲，「您……您在說些什麼？外子怎麼可能是凶手？您腦袋不清楚了嗎？還是，在跟我們開玩笑？」

「我是認眞的。矢一朗先生爲了獨吞所有遺產，設計這次的殺人計畫。」

「可是，矢一朗不是行動不便嗎？」我問。

「那是裝出來的。」

「老爺有不在場證明。」青野反駁：「聽到槍聲的前一刻，您不是和別館二樓房裡的老爺打了招呼？」

「我是打了招呼，但當時我們並未交談，我看到的矢一朗先生，只是坐在床上輕輕對我點了個頭。至於他爲何不出聲，只因他並不是眞的矢一朗先生。」

「不是眞的矢一朗？你是指，有人扮成他向你打招呼？」我擺出誇張的訝異表情。

「沒錯，是眞知子夫人假扮的。」天下一指向夫人。

夫人伸手遮住嘴，猛搖著頭。「不是的……我沒……我沒有假扮外子……」

「不要再狡辯，只要搜查妳的房間就知道，應該會找出男士假髮之類的扮裝道具吧。」

眞知子或許是察覺贏不了天下一的推理，當場癱坐在地，哇哇大哭。

看到這裡，讀者諸君應該明白了吧？這次的詭計正是『扮裝』，也就是所謂『一人分飾兩角』。所以，想必各位能夠理解，爲何天下一之前一直強調這是個不能說的分類。

當然，故事還沒結束。

天下一開口：「當然，故事還沒結束。本案最重要的謎團在於——矢一朗先生殺死灰田先生之後，究竟是如何從本館消失的？」

「是怎麼辦到的？」我順勢接話。

「手法很簡單，凶手根本沒消失。我和青野先生在追凶手時，凶手其實一直在我們身邊——就是妳！」

我、山田巡查和青野，一同望向天下一所指的人物，發出驚叫。

「您在說什麼？我……我什麼都不知道！」自稱赤井留美的人扭著身子猛搖頭。

「不要再做無謂的掙扎，妳就是黃部矢一朗吧？」天下一的語氣強硬，「妳的計畫是這樣的：利用在樹海的相遇，先讓非關係者的我留下印象，以為『赤井留美回宅邸了』。同時，妳打算在殺害灰田先生之後讓留美消失，如此一來，就能誤導警方是留美殺死灰田先生，畏罪逃亡不知去向。然而，妳沒預測到的是，槍聲響起時，我竟會直接從二樓窗口跳至一樓。這下，妳原本打算趁我走樓梯下樓時，由窗戶逃脫回別館的計畫便行不通，不得不從房門跑出去，迅速進到隔壁房間，再度扮回赤井留美的模樣。至於為何能在這麼短的時間內完成扮裝？出於個人興趣，妳平日就常反串歌舞伎女角，在數秒內完成換裝打扮根本不費吹灰之力。」

除了眞知子，所有人的視線都集中在「赤井留美」身上，沒多久，她……不，是「他」當場跪倒在地。

「還是騙不了您啊……」矢一朗恢復男性的嗓音，「為了重建公司，我無論如何都需要父親這筆遺產，才會設計出這次的殺人計畫。」

「眞正的赤井留美在哪裡？」

「關在別的地方。我原本打算找個時機殺了她滅口，將屍體搬去樹海丟棄。」

「您……怎麼做得出……」青野呻吟著。

「天下一先生，請告訴我，」一身女裝的黃部矢一朗問：「您是如何看穿我並不是留美？我自認裝扮非常完美。」

「是的，的確是近乎完美，大概成功了百分之九十九吧，但就是剩下的百分之一的馬腳，被我抽絲剝繭找出來。」

天下一滔滔不絕地講述，他是如何透過一些蛛絲馬跡，看穿這起「一人分飾兩角」詭計的始末。

不愧是天下一，一切都必須解釋得合情合理。我不禁深深感嘆，當個本格推理偵探眞不是普通辛苦。

換成我被矢一朗那麼問，一定會大吼：「如何看穿？還用問嗎！看就知道了啊！」

天下一面對打扮噁心的女裝中年男人，仍得一臉嚴肅地說明案情，我不禁悄悄嘆了口氣。

# 第九章

## 要殺趁現在——童謠殺人

要前往那座偏遠的凸凹島，從日本本島搭船至少得搖晃兩個小時才到得了，而且聯繫兩地的只有一艘由老舊漁船改造的破船，我與部下在航程中不知朝海面呻吟著嘔吐多少次。暈船暈得頭昏腦脹的我們好不容易抵達小島，數名男子前來迎接，領頭的是蓄著小鬍子的胖子。

「我們是縣警本部派來的，我是大河原番三警部。」我報出名字與職銜，「咳咳，本案的負責人正是在下。」強調這一點，對方的應對態度便會大不相同。

「哎呀呀，警部親自出馬。您好、您好，感謝遠道而來。」蓄著小鬍子的胖子猛然握起我的手，宛如熱烈歡迎觀光客。「我是村長鯨塚。」

「您好，鯨塚先生。我們趕快進入正題吧，請問命案現場在哪裡？」

我這麼一問，鯨塚想起村裡目前的狀況，不禁皺起眉：「命案現場在沙丁魚山腳下的神社，我們開車帶各位過去吧。」

「麻煩您了。」

於是，一行人分乘數輛車前往現場。

沙丁魚神社的腹地內，島民早圍出厚厚的人牆。我們一下車，人群頓時一分爲二，恍若摩西渡海的奇蹟，讓出一條路。老實說，被眾人夾道前進的感覺眞不錯。

屍體就躺在香油錢箱前方。死者是年輕男子，一身西裝，脖子上纏著繩索，一看就曉得是遭人從後方勒斃。這部分倒還單純，怪就怪在屍體張開的嘴裡塞了東西，靠近一瞧，似乎是個豆沙包。

「這是什麼？」我問村長。

「這個嘛，大概是供品的豆沙包。」

「看也知道是供品，我問的是，爲什麼豆沙包會塞在死者嘴裡？」

鯨塚村長猛搖頭，「我們也不知道啊！大家都一頭霧水……」

我決定先和發現屍體的目擊者談一下。那是一個每天早上都來神社參拜的老婆婆，發現屍體後，她馬上跑去派出所報案，卻閃到腰，被抬去島上的小醫院。

「我活了七十年沒遇過這麼嚇人的事。」婆婆敘述著發現屍體的情況，「那具屍體雙眼睜得大大的，牙關咬得緊緊的，表情說有多恐怖就有多恐怖。」

「牙關咬得緊緊的？」我不禁湊上前，「死者嘴裡不是塞了個豆沙包？」

婆婆一臉茫然，「豆沙包？那是什麼？」

據婆婆表示，她發現屍體時，死者嘴裡並沒有豆沙包。於是，我傳喚最先趕到現場的巡查來問話，然而，他說抵達現場時，屍體嘴裡已塞著豆沙包。

「那麼，將豆沙包塞進屍體口中的，並不是凶手……？不，不會有人沒事跑去塞個豆沙包，應該是凶手殺人之後又想起什麼，特地折回現場幹的好事……只是，凶手這麼做的目的爲何？」

我喃喃自語。

但說再多，案情是不會有進展的，我決定從死者的來歷著手。這名男子叫貝本卷夫，十年前離開凸凹島，之後從未回來島上。

「離開故鄉十年的貝本，怎會突然回島上來？」

回答這個問題的是鯨塚村長。他說，這座凸凹島上最有聲望的兩大家族是蛸田家和魚澤家，近日蛸田家的女兒將與魚澤家的兒子成親，是島上的大喜事，連去外地謀生的島民也陸續回來參加喜宴。

「所以，貝本是蛸田家或魚澤家的熟識？」

「他和兩邊都頗熟吧。我們凸凹島的居民就像一家人，感情很好。」村長似乎十分得意。

我決定調查一下兩大家族。一來到蛸田家門口，就看到有人在門前爭吵。一名身穿髒兮兮格子西裝、頂著一頭亂髮的男子，好說歹說要幫傭太太讓他進門見蛸田家主人。

我拍拍男子的肩膀，「喂，你在這裡幹麼？」

男子轉過頭，緊繃的神情立刻緩和，圓框眼鏡後面的雙眸瞇起。「啊，大河原警部！」

「你該不會跑來玩偵探遊戲吧？」

「不是在玩遊戲，這是我的職業。」他挺起胸膛，接著卻壓低聲音：「不過，其實這次沒有委託人，我只是恰巧來觀光，昨天才剛到。所以，這次純粹是出於好奇心，想試著解決這起案子……」

「哼，你這個外行偵探只會礙手礙腳。」

「呃，警部，這位是……？」一旁的鯨塚村長狐疑地問。

「請容我介紹自己。我就是那個頭腦明晰、博學多才——」

「『行動力超群的名偵探，天下一大五郎是也』，我聽到耳朵都長繭了。」

「不不不，最近加了一些新的宣傳文案，像是『個性十足、魅力獨具』之類的。」

「什麼跟什麼啊！」

「沒辦法，誰教作者敘述功力貧弱，難以將主角描寫得個性十足又魅力獨具。」

眞是夠了——我暗暗嘆口氣。

蛸田家女主人已過世，當家的蛸田八郎盛氣凌人，女兒苔子也難以接近，不討人喜歡。父女倆都堅稱，與死者貝本沒有來往。蛸田八郎毫不掩飾心中的不悅，表示島民把這起命案與即將舉行的婚禮扯在一起，對他們造成很大的困擾。

「就是啊，畢竟蛸田家與新郎家都是島上的望族。」

我試著美言幾句緩和氣氛，蛸田八郎卻依舊板著臉。

「看來，各位似乎搞不太清楚狀況。提到家世淵源，魚澤和我們蛸田家根本不能比。我們蛸田家是凸凹島的第一戶住民呢！魚澤家拚死拚活拜託，我才勉強答應這門親事。魚澤家那個叫鍋男的兒子，敢有一丁點不稱我的意，我絕不會讓苔子屈就。」

氣焰高張的八郎從懷裡掏出菸斗，一張小紙片飄啊飄地掉落。

天下一撿起那張紙片，「這是什麼?上頭寫著數字。」

「啊，沒什麼！」八郎一把搶下，撕成碎片丟進一旁的垃圾桶。

我們走出蛸田家，接著前往魚澤家。途中，鯨塚悄聲對我們說：「蛸田家與魚澤家的關係一向不太好，爲了爭奪凸凹島的主權鬧得水火不容，最近兩家的勢力都大不如前，才握手言和。可能是覺得拉下一點面子，總比失去既得權力好吧。」

「這椿親事的媒人是誰？」天下一問。

「是我啊，眞是重責大任。」鯨塚嘆了口氣。

魚澤家與蛸田家恰恰相反，男主人早逝，家族一切事務都由女主人鰭子掌控。魚澤家的公子鍋男則是一臉傻愣愣，毫無主見，在我們面前也毫不避諱地直稱鰭子爲「媽咪」。

「我是覺得透過這椿婚事，多少能幫上家道中落的蛸田一些忙。」鰭子「喔呵呵呵」地笑道：「我們家鍋男又不是非他家女兒不娶，要不是聽說蛸田在金錢週轉上有些困難，加上他苦苦哀求，我不好見死不救，只得讓我們家鍋男委屈一下。」

關於命案，鰭子母子都說與死者貝本素未謀面。

第一天的搜查毫無斬獲地結束，我們警方下榻島上唯一的旅館，當然天下一也住在那裡。到了第二天——

「不、不好了，不好了啊！」旅館走廊迴蕩著超大分貝的喊叫，緊接著我的房門打開，島上的巡查直衝進來。「警部，不好了，出現第二名死者！」

「什麼！」我一躍而起。

第二起命案的現場是在海岸的大石下，死者是一名寡婦，叫海老原海膽子。從屍體外觀研判，顯然是被灌了毒藥，中毒而死。怪的是屍體呈現的死狀——海老原海膽子身上蓋了一床舊棉被，頭部下方墊了個枕頭。

「搞什麼，這是在玩巫術嗎？」我不禁怒吼。

「莫非……」我身旁的天下一低喃著，從皺皺西裝的內袋掏出看上去頗廉價的小冊子翻了起來。「果然，和我想的一樣……」

「怎麼？」

「大河原警部，請看看。」天下一將翻開的小冊子遞到我眼前。

原來那是一本書，書名是《凸凹島的歷史》，天下一翻開的頁面記載著一首歌謠〈凸凹島搖籃曲〉，歌詞如下：

十個小童子，一起去吃飯。
一個人噎到了只剩下九個。
九個小童子，一起來熬夜。
一個人睡過頭只剩下八個。
八個小童子，一起出港去。
一個人沒回港只剩下七個。

人數七個、六個……一直減少，最後一段歌詞是：

一個小童子，一個人獨居。

準備結婚去卻一個都不剩。

讀到這裡，我抬頭看向天下一。「喂，這不就跟……」

「是的。」偵探點著頭，眼中閃著光彩。「兩起命案都是依照這首搖籃曲進行。這次就是所謂的『童謠殺人』！」

「童謠殺人」這樣的命名不知是否適當，不過在古今東西的推理小說中，此類作品爲數不少。簡單來講，共通的公式就是，凶手依照童謠、數數歌或詩詞內容進行連續殺人。由於借擬詩文意境進行犯罪，又稱爲「附會殺人」類型。

「日本最有名的作品應該是《惡魔的××歌》吧。」天下一抽離故事主角的身分說道。

「是啊，據傳那首童謠是作者親自創作的，只要順著故事發展把歌詞寫出來就行。相較之下，配合現實既有歌曲撰寫的推理作品更有難度，像同一作者的另一本《獄×島》就用上古時的歌謠。」

「世界知名女作家的某作品裡，也利用童謠《鵝媽媽組曲》。聚在島上的十人，依著歌詞內容遇害，最後一個也不剩……」

「咦，這麼一提，鵝媽媽童謠和這次的〈凸凹島搖籃曲〉很像耶！」

「你也發現啦。」天下一咧嘴笑了，「這次有抄襲之嫌。」

「怎麼有這種人啊！」我難掩厭惡之情，無奈地搖搖頭。

「不過，我倒是很訝異這次會用上『童謠殺人』的梗。」

「是啊，一旦用上童謠，收尾時可就傷腦筋了。」

「嗯，重點在於，必須向讀者解釋凶手爲什麼要照著歌詞殺人。以作者的立場而言，或許加入費心設計的童謠是爲了讓故事高潮迭起，但要是在最後無法給出合理的解釋，不過是虎頭蛇尾的作品罷了。」

「過去這種類型的作品，作者都是如何解釋凶手的動機？」

「有些凶手的動機是向多人復仇，這種背景下出現的童謠，通常是凶手拿來恐嚇下手目標的工具。好比，那首歌曲對毫無關係的人不痛不癢，但對凶手與其下手目標，卻具有重大意義。因此，目標對象得知先前遇害者的狀況，就明白遲早會被凶手盯上，不免心生恐懼。另外，有些凶手的動機是栽贓，依照童謠內容犯罪，便能陷害與那首歌曲關係匪淺的人。」

「原來如此，這些動機還算合理……」我盤起胳膊點點頭，撫著下巴的鬍碴：「但還是有點牽強。」

「是很牽強啊。」天下一同意，「要依照歌詞內容殺人，其實非常麻煩。布置屍體呈現樣貌什麼的，哪個細節沒留意到，就會露出馬腳。背負那麼大的風險，凶手得到的利益卻少得可憐，根本吃力不討好。」

「算了、算了，要是考慮那麼多，我們什麼都沒得玩。」我抓抓頭，「回來看這次的案子吧。如何？會有讀者能接受的合理動機嗎？」

「誰曉得。」看來，天下一對我們的作者似乎不抱持太大的期待。「總之，目前能確定就是——接下來會繼續發生命案，畢竟這首搖籃曲共有十段。」

「換句話說，還會再死八個人……」

是的，「童謠殺人」這類型的故事還有個缺點——只要依據歌曲的分段，就能推算出被害者的人數。

「唉，終點眞是遙遠……」我們望著彼此，心照不宣。

一如我和天下一跳脫小說世界時得出的結論，之後島上接連發生多起命案。首先是名叫大磯砂彥的攝影師遇刺身亡，屍體符合搖籃曲第三段的描述，扔在一艘漂在淺灘的小船中。接著是名叫濱岡栗子的主婦，遭斧頭砍破頭顱而死，呼應搖籃曲第四段的內容：

七個小童子，一起砍木柴。
一個人破頭顱只剩下六個。

再來是名叫港川水一郎的男子，遭人注射毒物致死。在他之後，名叫高波渦子的女子抱著《六法全書》被人從山崖推下摔死。搖籃曲第五、第六段的歌詞如下：

六個小童子，一起戳蜂窩。
一個人被蜂螫只剩下五個。
五個小童子，一起學法律。
一個人逃了課只剩下四個。

總之，照著相同的模式，第七、第八名犧牲者陸續出現，詳細情形不必我贅述吧。至於這段時間，我們警察到底在做些什麼？當然就是重複著無謂的搜查，畢竟在這部小說裡，逮捕眞凶不是我的任務，沒辦法。

最可憐的應該是天下一了吧。拖到現在這種狀況，他面子往哪裡擺？明明頂著名偵探的光環，都死了八個人，還偵不破這件案子……不，正確來說，是「還不能」偵破。要是沒等到殺滿十個人就揪出凶手，作者特地準備這首童謠不等於白忙？

這一點不僅是「童謠殺人」類型小說特有的苦衷，在「連續殺人」爲主題的本格推理小說裡也很常見。太快將案件解決，劇情缺乏高潮迭起的鋪陳，也成不了精采的推理小說。

話說回來，這首搖籃曲竟編了十段，未免太拖戲！先讓凶手殺兩、三人，小贏偵探還能接受，但放任他殺到七、八人，劇情眞的很難撐下去。每次得知有人被殺，天下一就得說出「糟糕，又被凶手搶先一步」，到後來讀者只會覺得「這個偵探眞蠢」。

幸好，這些辛苦即將告一段落，天下一終於要展開行動。至於他會怎麼行動，警方完全不清楚。要是早點將他的推理告訴我們，理應能夠改善搜查效率、提早破案。但碰上這種本格推理小說的偵探，我們根本不期待他會幫忙。

話說，在天下一不知探案探到哪裡的期間，出現第九名被害者。死者在睡夢中被潑上汽油，一把火燒死。至於第九段歌詞，我就不在此介紹，請各位隨意想像吧。

「唔，到底怎麼回事？我眞是拿這案子沒轍！」目送那具焦黑屍體被運走，我吐出老臺詞。

「啊……啊啊……啊啊啊！怎麼會這樣？爲什麼要在我當村長的任內發生這種事？我眞是倒楣。」鯨塚跪在地上，苦惱地搔著頭。

周圍看熱鬧的島民議論紛紛。

「居然殺了九個人，太強了吧！」

「就是啊，還一個接一個。」

「不過，每個死狀都這麼怪？」

「對呀，而且每個人的死因不一樣，凶手的手法眞多變。」

聽到這裡，我不禁望向這群看熱鬧的民眾。「不會吧，你們沒發現嗎？」

「發現什麼？」一名青年代表眾人反問。

「這次的連續殺人案，全是照著你們凸凹島流傳的搖籃曲下手的啊！我以爲消息早傳開了。」

聽到我這句話，眾人頓時一陣騷動。

「搖籃曲？這麼一提，的確有這種玩意……」

「搖籃曲……對耶，眞的是照著搖籃曲內容犯案！」

「原來如此。」

「用到第九段了。」

「剩最後一段……」

然而，這些島民接下來的行動十分詭異——每個人都不發一語，默不作聲地散去。

當天夜裡，天下一回來了。

「這段期間你到底跑去哪裡？」我難掩焦躁地追問。

天下一意有所指地笑了，「我回東京查一些事。」

「回東京？查什麼？」

「等等跟你說。」天下一東張西望，「呃，魚澤家和蛸田家的人在哪裡？」

「他們要商量明天的婚禮，聚在蛸田家開會。」

「正好！大河原警部，我們也過去吧。」我還沒反應過來，天下一已走出去，我急忙跟上。

抵達蛸田家玄關，應門的是幫傭太太。她不客氣地表示，兩家人正在開會，要問命案的事等他們忙完再來。

「那麻煩妳轉告，我知道凶手是誰，想向他們報告一下。」

幫傭太太臉色大變。我嚇一大跳，不由得轉頭望著身邊的偵探。

「請、請您稍候。」幫傭太太慌忙回屋裡通報。

等她離開後，我立刻問天下一：「喂，眞的假的？你知道凶手是誰？」

「是呀。」天下一自信滿滿地點頭。

我張望四周，湊近他耳邊小聲問：「那麼，凶手藉搖籃曲殺人的動機，你也弄清楚了吧？」

「當然。」

「是讀者能接受的嗎？」我問得更小聲。

「這個嘛……」天下一皺了皺眉，「很難講。」

「搞什——」我正想開罵，幫傭太太過來招呼我們進屋，態度恭敬許多。

我們被帶進客廳。蛸田父女、魚澤母子和媒人鯨塚夫妻，坐在高級沙發上迎接我們。

「聽聞你知道凶手是誰？」蛸田八郎嚴肅地問。

「是的。」天下一踏出一步，深呼吸一口，徐徐說道：「這次的連續殺人案背後的謎團非常龐大，即使是解決過無數奇案的我，也無法輕易解開如此複雜糾結的謎。若不是靠著鍥而不捨的調查、不放過絲毫矛盾的敏銳觀察，及洞察力、直覺，甚至是相當的好運，這個謎團或許永無解開的一日。總之，要解開謎團，需要各方天時地利人和才能——」

名偵探滔滔不絕，不得不聽他冗長演講的我們，早就忍了幾百個呵欠。各位讀者一定也沒興趣聽吧，就此省略不記。

「接下來，從第一起命案開始說明。案發當晚，被害者貝本先生爲了某項交易，前往神社與某人見面。」

「交易？什麼交易？」我問。

天下一望向蛸田八郎，接著視線移往他身旁的苔子。

「『要是不希望你女兒苔子的祕密被揭露，就給我錢！』用詞可能有些出入，但貝本先生應該是以此勒索蛸田先生。」

「胡說八道！」蛸田八郎睜大雙眼，「這話是暗指我那天和貝本見了面嗎？」

「是的。您那天不單與貝本先生見了面，還殺了他。」

「胡扯，你有什麼證據？」蛸田的臉紅得像煮熟的章魚。

「隨著您的菸斗掉出的那張小紙片就是證據。我後來從垃圾桶撿回碎紙片，拼起來一看，發現上面寫了些數字。那是銀行帳號，戶名正是貝本先生。爲什麼您會有貝本先生的銀行帳號？答案很簡單，貝本先生要您匯錢到這個帳戶，否則他就要公開苔子小姐的祕密。」

蛸田似乎想反駁，卻說不出話，一張臉愈來愈紅，身旁苔子的面色卻愈來愈綠。

「不好意思，方便請教苔子小姐的『祕密』是什麼嗎……？」鯨塚戰戰兢兢地問。

「苔子小姐在東京那段期間，與貝本先生上過床，還曾拿掉他的小孩。我找到那家婦產科。」

「天啊……」魚澤鰭子不禁張開嘴。

「一派胡言！」蛸田八郎呻吟般說道。一旁的苔子哭喊著「好過分！太過分了」，但仔細看便會發現，她並未掉下眼淚。

「可是，第二起命案發生的時刻，蛸田先生有不在場證明。」我看著記事本提醒。

「他當然不在場。」天下一回答：「第二起命案的凶手並不是蛸田先生。」

「什麼！」

「第二名凶手搶在其他村民之前發現第一起命案，想到可以搭便車，趁機除掉絆腳石。爲了誤導警方是連續殺人，必須製造兩起命案的共通點，於是第二名凶手利用那首搖籃曲，在貝本先生的屍體被婆婆發現、島民尚未聚集之前，將豆沙包塞進貝本先生嘴裡。」

「原來如此，所以那個老太婆才會說發現屍體時沒看到豆沙包。」我點點頭，望著天下一問：「那第二名凶手又是誰？」

「就是這位。」偵探指著魚澤鰭子。

鰭子先是一愣，旋即睜大雙眼，「喔呵呵呵呵」地高聲大笑。「有沒有搞錯？我有什麼必要殺人？眞是笑死人。」

「別再裝傻了。您老早就想致海老原太太於死地，對吧？她手上握有鍋男先生的祕密。」

「還有祕密？」我差點沒跌倒，「這回是什麼見不得人的事？」

「鍋男先生有個特殊嗜好。」

「嗜好？」

「雖然有些難以啓齒，我就說出來吧。」天下一深呼吸一口，「鍋男先生非常喜歡小女孩……不，不是普通的喜歡，其實……呃，他會對她們上下其手。」

「戀童癖？」我大聲喊了出來。

一直乖乖坐在母親身邊的鍋男突然哭喪著臉，窩囊地呼喚「媽咪……」。鰭子緊緊握住兒子的手，充滿血絲的雙眼瞪著天下一。「你……你有證據嗎？拿出來看看呀！」

「海老原太太的女兒出面作證。她目前借住在東京的親戚家，已是國一生。雖然要她回想幼時的遭遇很殘忍，她還是把眞相告訴我。我會回東京一趟，也是爲了確認這件事。您一直擔心海老原太太將此事說出去，便決定利用這次機會殺了她，還依照搖籃曲的內容準備棉被與枕頭。」

或許是無法反駁，鰭子陷入沉默。反倒是一旁的蛸田八郎喃喃叨念著：「原來那是妳幹的……」

「那第三起命案呢？」

「也是蛸田先生下的手。」天下一答道：「第二起命案發生後，蛸田先生發現連續命案與搖籃曲之間的關聯，心裡應該曾偷笑吧。雖然不知是誰幫了這個忙，既然成功攪亂警方的搜查方向，不如再解決一個麻煩吧。於是，他又殺了大磯先生。因爲大磯先生也曾和苔子小姐交往，還拿著她的裸照威脅蛸田先生。」

「天啊……那第四起命案呢？」

「是魚澤太太下的手。眼看案情愈來愈混亂，她想搭便車再殺一人。濱岡太太的女兒小時候也曾遭鍋男先生性騷擾，魚澤太太爲了封口，每月都得支付她不少慰問金，乾脆殺了她省點錢。」

「那第五起……」

「蛸田先生幹的。」天下一答得有點不耐煩，說明愈來愈隨便。「港川先生也曾與苔子小姐交往，握有苔子小姐親筆簽下的結婚證書。」

「所以，第六起命案又是魚澤鰭子幹的嘍？」

「完全正確。高波太太與海老原太太走得近，多少察覺鍋男先生的嗜好。」

說明至此，剩下的不必贅述了吧。反正蛸田八郎與魚澤鰭子就這麼交叉行凶，一路殺下來，已搞不清楚究竟是誰搭誰的便車。

好不容易說明完第九起命案，下毒手的是蛸田，天下一的解謎暫告一段落。

我望著蛸田父女與魚澤母子，「如何？有什麼要辯解的嗎？」

先抬起頭的是蛸田八郎。我以爲他要反駁天下一的推理，沒想到他直直瞪著坐在對面的魚澤母子吼道：「可惡，原來是這麼回事！還敢把妳那變態兒子推給我女兒！」

聽蛸田這麼說，魚澤鰭子當然不甘示弱。

「什麼?你家女兒才不要臉！」

「渾帳東西，妳這個皺成一團的臭老太婆！」

「還敢說！你這頂著啤酒肚的死光頭！」

兩人扭打成一團。

我要部下來支援，將兩人銬上手銬，但他們仍像發情的貓不停叫囂。

我們和鯨塚夫妻離開蛸田家。

「哎呀呀，眞是了不起的推理！沒想到搖籃曲殺人的背後，隱藏如此驚人的眞相。」鯨塚村長佩服不已，連連讚嘆。

「這次的關鍵在於發現有人趁機搭便車的可能性。這種狀況下，不在場證明就毫無意義了。」天下一開心地回應。

「哦，原來如此。話說回來，幸好只有一個人搭便車。」鯨塚說：「像這樣照著搖籃曲的內容殺人，就算有好幾個人搭便車也不奇怪吧。」

「是呀，眞的是幸好。」天下一同意。

我突然停下腳步。

「大河原警部，怎麼啦?」天下一回頭問我。

「這麼說來……第十段歌詞還沒用上啊！」

「嗯，那段是『一個小童子，一個人獨居。準備結婚去卻一個都不剩』，哪裡不對嗎？」

「唔……」我有股不祥的預感。

那預感不幸成爲現實。第二天，這座島上發生多起命案。雖然每起案子狀況各有不同，卻有一個共通點——

所有屍體都穿著結婚禮服，甚至有死者握著日式結婚儀式用的三三九度盃。

我再次深深體會到這次小說標題的寓意，不禁嘆了口氣。

# 第十章

# 「不公平詭計」的樣板作——推理的誡則

「警部，發生命案了！」我在辦公桌前處理文件，部下慌慌張張衝進來。

我的手立刻伸向一旁的大衣，「地點呢？」

「位於××町的大黑宅邸，死者是大黑家的一朗老爺。」

「大黑一朗？那個名人大黑一朗？好，出動吧！」我套上大衣衝出門。

大黑一朗是製藥公司的老闆。大黑製藥是日本知名的中小企業，經營狀況一度惡化，但聽說最近已逐漸好轉。

與「大黑」這個姓氏給人的印象完全相反，大黑邸是一棟白磁磚外牆的建築，二樓有座活像童話城堡中的弧形露臺，彷彿隨時會有迪士尼電影裡的公主探出頭。然而，大門玄關旁卻擱置一袋垃圾，看來宅邸裡一定發生不尋常的事。

出來迎接我們的是一名年約五十的纖瘦女性，自稱紺野綠，是大黑邸的女管家。顫抖的話聲洩漏她內心的恐懼。

「被害者在哪裡？」

「請隨我來……」

我們跟著紺野來到寬敞的客廳。巨大的沙發旁倒臥著一名男人，周圍是一名中年女人與年輕男子，還有一身白袍的醫師。中年女人趴在沙發上哭泣，年輕男子與醫生則神情沉痛地坐在沙發另一頭。

自我介紹之後，我一一確認這些人的身分。哭泣的中年女人是被害者大黑一朗的妻子敦子，年輕男子是兒子次郎。至於醫生的名字……反正不重要，就略過吧。

死者穿水藍色睡袍，或許是死前經過痛苦掙扎，衣襟敞開。

「他是遭到毒殺，我很確定。」醫師望著屍體說道。

「那是什麼？」我指著桌上某個物體。那是個被打開的淺盒子，擺著成排巧克力。

「好像是今天早上寄給父親的禮物。」兒子次郎答道。

「毒是下在巧克力裡嗎？」我問醫師。

「應該沒錯。請看，沒吃完的巧克力掉在那邊。」醫生指著地面，的確有塊啃一半的巧克力落在淡紫色地毯上。

我點點頭，叫了鑑識人員過來。

鑑識人員勘驗現場的空檔，我到一朗的書房聽取相關人士的證詞。首先接受偵訊的是死者的兒子次郎。

「怎會有人想殺害父親？父親沒做什麼會招人怨恨的事啊！」次郎眉頭緊蹙，語氣沉痛。

哼，就是這種人才有辦法若無其事地幹盡壞事吧——我硬生生吞回這句話。

接著是女管家紺野，我問她收到那盒巧克力的情況。

「老爺非常非常愛吃巧克力。今天早上收到巧克力的時候，一邊念著他怎麼不認識這個寄件人，還一邊大口大口吃得很開心。我做夢也沒想到會有人在巧克力裡下毒，正想給老爺泡杯紅茶，剛進廚房，就聽到客廳傳來老爺的呻吟……」紺野泣不成聲。

至於一朗之妻敦子，受到相當大的衝擊，暫時無法接受問話，我先讓她回房裡休息。除了這三人，同住在大黑邸的，還有次郎的妻子多香子、一朗的胞弟和夫，及司機櫻田，目前都外出不在。於是，在他們回大黑邸之前，我決定再去命案現場檢視一番。

「喂喂喂，就告訴你不能進去啊！你想幹什麼？」一陣怒斥從玄關傳來，在發飆的似乎是我的部下。

走到玄關一看，部下扯著一名男子的衣領破口大罵。男子頂著一頭亂髮，穿著皺皺的西裝。

「喔喔，這不是天下一嗎？」

「啊，警部！」天下一回頭看到我，露出見到老友般的笑容。「是你負責這起命案嗎？」

「是您的朋友？」部下問我。

「稱不上是朋友啦……不過這人在警界小有名氣，滿多人認識他。」

「其中又以大河原警部最照顧我。」天下一挺起胸膛，一臉得意。眞是多嘴的傢伙。

我乾咳兩聲，說道：「呃，你爲什麼會出現在這裡？」

「是我請他來的。」一名年輕女子走進玄關。她濃妝豔抹，身上掛了一堆首飾。

「您是……？」

「我是大黑多香子。」

「喔，是次郎先生的夫人。」我點點頭，「您爲什麼會找天下一來？」

「爲什麼？當然是發生命案的緣故啊！我從朋友那裡聽聞天下一先生的諸多事蹟，他可是頭腦明晰、博學多才、行動力超群的名偵探呢！」

「哎呀，您太抬舉我了。」天下一有些害臊。

「所以，我覺得這次的命案非請天下一先生出馬解決不可，特地帶他來。哎，警察根本不可靠吧。」多香子話一出口，才想起我是警方人員，掩著嘴輕輕說聲：「噢，眞是失禮了。」

我又乾咳兩聲，面向偵探。「既然是多香子夫人請你來的，我也不好說什麼，總之不要妨礙我們的搜查就好。」

「請放心，我自有分寸。」天下一深深鞠躬。

來了個棘手的傢伙——我的心情宛如啞巴吃黃連，有苦說不出。這部小說的主角本來就是偵探天下一，他的登場是理所當然，只不過我也有我的立場，不得不以這樣的態度對待他。

於是，我與偵探一同來到命案現場，馬上針對桌上那盒巧克力討論起來。

天下一看著巧克力的包裝紙說：「這盒巧克力是在知名甜點店買的，並不是到處都有的連鎖店，店員或許對這兩、三天內上門的顧客有印象。」

「這種事不必你提醒，我們也知道！所以，我……正打算叫部下去確認是哪間店賣出的！」

我努力佯裝冷靜。

天下一接著拿起被拆得亂七八糟的包裝紙，「郵寄地址是以綠色墨水筆寫下。常聽人說，以綠色墨水寫信代表『告別』，不知有沒有關聯……？嗯，寄信人是『習志野權兵衛（NANASINO GONBE）』……」

「我沒聽說父親認識叫這名字的人。」不知何時進來客廳的次郎開口。

「那是當然。」天下一說：「這是取『無名氏』(*1)的同音字編出的名字。」

「這樣啊……」次郎一臉遺憾。

「我看看。」我一把搶過包裝紙，「哼，什麼『習志野權兵衛』，這地址八成也是瞎掰的吧……咦？」

「怎麼？」部下問。

我指著郵戳，「你看，這包裹是在附近的郵局交寄的。」

在場所有人……不，正確來說，是除了天下一以外的所有人，齊聲發出驚嘆，湊上來看包裝紙。

「眞的耶！」

「這是怎麼回事？」

刑警也議論紛紛。

「唔……」我低吟一陣，面向大黑家的人說：「非常抱歉，能否請各位移駕到別的房間，稍待一會？」

「咦，爲什麼？」大黑多香子揚起左眉。

「我想和同事討論搜查方針，只要一下就好。」

「哼，眞麻煩。」多香子嘟囔，領著大黑家的人走出客廳。

裡。」

清場之後，我立刻指示部下：「快去找出證物的綠色原子筆！運氣好的話，應該還在宅邸

「警部，您的意思是……」一名部下神情嚴肅地問我。

「沒錯，凶手極可能是大黑家的人，才會在附近郵局寄東西。」

「原來如此。」部下們紛紛點頭贊同。

「哦，眞的是這樣嗎？」站在稍遠處的天下一偏起頭，「這樣的推論會不會過於武斷？這起案子若是大黑家自己人所爲，不會留下如此明顯的線索吧。」

「給我閉嘴，你這個外行偵探懂什麼！這是基於我長年經驗的推斷！」我故意扯著嗓門喊道。我當然清楚這推論太武斷，但考量到接下來的劇情發展，不得不一意孤行，堅稱凶手就是大黑家的人。

這麼一吼，天下一沒再多說。我又命令部下去搜出綠色原子筆，部下迅速四散，展開搜尋。

大約三十分鐘後，兩名刑警神情嚴肅地回到客廳，其中一人拿著揉成一團的手帕。

「我們在大黑一朗書房的垃圾桶裡找到這個。」刑警將手帕攤開。

手帕包著的，正是一支綠色原子筆。

*1「無名氏」的日文爲「名無しのゴンベエ」，發音同樣是NANASINO GONBE。

「幹得好！」我不禁鼓掌，「把所有人帶到這裡。」

死者大黑一朗的胞弟和夫，與司機櫻田剛好趕回宅邸，於是連同夫人大黑敦子、兒子次郎、媳婦多香子，還有女管家紺野綠，六人全被叫來客廳集合。

我告訴他們原子筆的事，所有人霎時臉色大變。

「不可能，凶手怎會是自己人！」

「您一定是哪裡搞錯！」

「警部，您是不是腦袋有問題？」

「有些話不能亂講吧！」

下場就是我被罵得狗血淋頭。於是，我威嚴十足地開口：

「各位，請冷靜。我非常明白各位的心情，但不爭的事實擺在眼前。麻煩各位暫時安分地待在宅邸內，不要外出。我們一定會在這段時間內傾全力找出真凶，請各位配合一下。」

即使大黑家的人心不甘情不願，我仍強硬地命令部下嚴密監視他們，不得離開宅邸一步。同時，指示部下調查大黑家成員的人際關係。

「接下來呢……」看準四下無人，我抓著天下一問：「欸，怎麼回事？小說發展至此，前半部都結束了，我還是看不出這次的詭計到底是什麼。」

天下一搔了搔髒兮兮的亂髮，不耐煩地回道：「我知道是什麼詭計了。不，不僅是我，搞不好連讀者都已察覺。」

「哦，那就麻煩你講解一下吧。」

「很抱歉，我現在還不能說。之前提過，推理小說的詭計有兩大類型，一種是像『密室』或『不在場證明』之類，事先告知讀者也無妨；另一種則是事先透露便會破梗、閱讀樂趣大減的類型。這次的詭計屬於後者。」

「這樣啊，那就沒辦法了。等到故事後半再來慢慢享受吧。」

聽我這麼說，天下一不知爲何嘆了口氣。「慢慢享受是吧……」

「怎麼？看你一臉憂鬱，有什麼不滿嗎？」

「說老實話，我相當不滿！我以爲在『天下一系列』裡不會出現這種詭計。」

「有什麼好不滿的？」

「雖然在讀者面前不便講得太詳細……，唉，你看，這種詭計根本感覺不到任何原創性！『密室』也好，『破解不在場證明』也罷，即使以同類型詭計爲主軸，作家仍會衍生出各種獨創的手法。比如，有的作者會利用物理性機關完成密室犯罪，有的作者利用錯覺製造出密室，同樣都叫『密室』詭計，卻囊括各式各樣深思熟慮後得出的手法。哪像這次的詭計，幾乎是千篇一律的手法！講難聽一點，在第一本使用這種詭計的經典作問世之後，所有用上這種詭計的全是抄襲！」天下一說到激動處，竟往大理石桌一腳踢去，搞得腳趾疼到飆淚，好一會才嚴肅地直起身。「嗯……說『全是抄襲』的確太偏激，事實上，就有不少作家針對這種詭計，努力變化出不同的手法，寫出傑作。我無法認同的是，那些只想利用這種詭計製造意外性的作品，眞是太沒品了。」

「你的意思是，這篇小說就是那種沒品的作品？」

「沒錯……不，可能更惡劣。」

「怎麼說？」

「對讀者不公平啊，這次根本就是『不公平詭計』的樣板作！」

「你講話眞毒。」我伸出小指掏了掏耳朵。

「警部，我有一個請求。」

「什麼？」

「搞不好有些讀者看到這裡還沒發現凶手是誰，我想給這些讀者一點提示，否則讓故事繼續發展下去，我會良心不安。」

「你不必那麼介意啊。不過也好，你想說就說吧。」

「那麼——」天下一面向讀者開口：「各位，在這部小說裡，身爲系列角色的我或大河原警部，絕對不會是凶手。請各位捨棄先入爲主的猜測，懷疑除此之外的所有可能性！」接著，他轉回身子。

「你只是要說這些？」我問。

「我很想再多說一點，但再說下去就會破梗……啊啊啊，我竟成爲這種騙局的共犯……」天下一抱著頭，縮成一團。

「別再抱怨了，我們回小說的世界去吧。」我抓起天下一的後領，硬是拉他站起。

那天晚上，我派部下輪班在大黑邸周邊站崗巡邏。我們警方向女管家借了毯子，我與沒輪值的刑警在大黑邸的客廳打地鋪。至於天下一，不知他要了什麼手段，居然分到一間單人房。

我不必輪值，這一晚仍不時醒來，在宅邸內四處巡邏。我很清楚，即使這麼做也找不到任何破案線索，但進行毫無意義的搜查，正是我在這部小說裡的職責。

忘了在第幾遍的巡邏之後，我回到客廳，發現部下正和天下一交談。

「這種時間，你在這裡幹麼？」

「我老覺得有事堵在心頭，翻來覆去睡不著，乾脆起來晃一晃。警部呢？大半夜還醒著，跑去偷吃毒巧克力嗎？」

「說那什麼話，我是起床巡邏！」

「警部……天下一先生說，凶手並不是大黑家的人……」部下小心翼翼地開口。

「哦？」我望向外行偵探，「你的根據是什麼？」

「少了動機。」天下一回答：「大黑一朗的死，對誰都沒有好處。」

「當然有好處啊！他們當中有人能得到大黑一朗的巨額遺產吧。」

「幾年前大黑製藥還風光的時候或許如此，但前陣子公司經營不善，現在大黑先生的個人資產並不多，再扣掉貸款，付完遺產稅恐怕所剩無幾。」

「那保險金呢？大黑一朗總該保了壽險吧？」我問一旁的部下。

「有的，受益人是夫人敦子。」部下看著筆記本應道。

「就是那女人！」我立刻接口：「她就是凶手。」

天下一搖搖頭，「保險金額只有一千萬圓，在一般人眼中或許是巨款，但對敦子夫人來說，並不值得賭上她安定的生活吧。」

我陷入苦思，接著問身旁的部下：「遭人仇殺的可能性呢？或是感情糾紛？」

部下抓了抓頭回道：「關於這部分，依目前的調查，初步可排除這些狀況，大黑一家似乎過著平靜無爭的日子……」

「不可能！這種有錢人家的生活，不都是愛恨交織嗎？總有些事會讓他們恨之入骨，或是愛得要死，再去查清楚！」

我自己都覺得這番話實在有夠扯，卻硬是訓斥部下一頓。

「是，我們馬上去查。」部下沮喪應道。

這時，客廳入口傳來聲響。我回頭一看，身披睡袍的大黑多香子站在門邊。

「夫人，怎麼了？這麼晚還沒休息？」

「外子……外子不見了，各位看到他了嗎？」

「次郎先生不見了？我沒看到啊……」我望向部下，他也搖搖頭。

「您最後看到次郎先生是什麼時候？」

「我剛剛醒來時，發現外子不在枕邊。以爲他只是去上廁所，但過了許久都不見他回來，總覺得有些擔心，所以下樓問問各位……」

白天那麼高傲的多香子，現在眼神卻流露不安。

「我知道了。」我站起身，「我們去找次郎先生！」

多香子與我們找遍宅邸所有房間。原本在睡夢中的人也被我們叫起來幫忙搜索，卻始終不見次郎的蹤影。

我問了守在屋外的刑警，他們表示沒人離開這棟宅邸。

「宅邸的每個房間都找過了吧？」我詢問大黑家的人，大黑和夫突然「啊」一聲。

「怎麼了？」我問。

「次郎搞不好去地下室……」

聽到和夫這句話，其他大黑家的人臉色一變。

「宅邸有地下室？」天下一問。

「那是避難用的。哥哥從前在地下蓋了間避難室，想著有備無患。他最近才明白眞的毫無用武之地，便一直棄置沒整理，我們都幾乎忘了它的存在……」

「快帶我們去吧！」天下一神情嚴肅地催促。

地下室入口位在二樓的樓梯裡側，不仔細看只會以爲有間小儲藏室，但一打開門，便是一道通往地下室的階梯。

「我們大黑家的人才會曉得有避難室。」和夫解釋。

走下階梯，我們來到四壁水泥的房間，發現一名男子仰躺在正中央。多香子見狀，慘叫一聲便昏過去。

「所有人通通不准動！」我走向屍體，確認身分。死者是大黑次郎，一把登山刀插進他的胸口，出血量並不多。

我立刻找部下過來處理，兀自低喃著：「可惡，被擺了一道……」

在刑警的重重包圍之下竟發生命案，警方的顏面完全掃地，因此我更是拚上老命，對大黑家的每個人嚴密進行偵訊。當中我最關注的，就是大黑和夫。在一朗與次郎父子死後，大黑製藥的經營權就落在和夫手上。單憑這一點，我便將他貼上「重要嫌犯」的標籤。

「快點招認，是你殺了那兩個人吧！」

「不是的，我什麼也沒做！我怎麼可能做那種事！」哭喪著臉的和夫極力否認。

然而，由於找不到決定性的證據，無法逮捕和夫，我不禁盤起胳膊沉吟：「唔，難道凶手其實是次郎本人？他爲了某個原因殺死父親，卻受不了良心的苛責，決定自殺……嗯，沒錯，絕對是這樣！這麼一來，一切都說得通！」

眼看部下快被我的推理說服，天下一不知打哪冒出來。「不，凶手另有其人。」

「幹麼啊你？這裡是警方的搜查本部，閒雜人等快滾出去！」
「不相信的話，現在就和我走一趟大黑邸吧。我將在那裡揭露凶手的眞面目。」
「外行偵探囂張什麼！哼，有意思，走就走！我倒要看看，你能推理出什麼名堂！」
於是，我帶著部下一同前往大黑邸。
按照往例，所有命案相關人士會聚集在寬敞的客廳裡。在眾人的環視下，天下一慢慢跨出一步。這是偵探小說中常見的場面。
「各位，」天下一說道：「這次的案子，連身爲名偵探的我也感到十分困惑。最主要的原因是，凶手的形象實在太模糊。究竟是怎樣的人物，又是爲什麼殺人？一切幾乎無跡可尋。於是，我試著分析——若要成爲本案凶手，必須具備哪些條件？我大致整理出三點。第一，凶手非常熟悉大黑家，他不僅曉得一朗先生愛吃巧克力，甚至知道地下室的存在。第二，次郎先生被殺害的那一晚，凶手在大黑邸內。第三，凶手就是將那支綠色原子筆，扔進一朗先生書房垃圾桶的人。」
「笑死人，大黑家全員都滿足你提出的三項條件啊！」我反駁道。
「的確，所有人都符合第一與第二項條件，但第三項條件就不見得了。」
「怎麼說？」
「連管家紺野小姐也不知道吧，命案那天早上，一朗先生是自己清理書房垃圾。他將垃圾裝進塑膠袋，拿到玄關旁放著讓下人收拾。我從那袋垃圾裡找出許多撕毀的書信文件，顯然是書房清出來的東西。可能是一朗先生不想被他人看到內容，罕見地自行清理垃圾桶。」

我不禁暗暗驚呼。我想起來了，那天初來大黑邸時，的確看到一包垃圾放在玄關旁，原來是大黑一朗拿出來的。

「一朗先生清完垃圾之後，垃圾桶應該是空的。換句話說，那支原子筆是後來才丟進垃圾桶。那麼，有誰能這麼做？當時在外面的和夫先生與櫻田先生辦不到，而敦子夫人、多香子夫人、次郎先生與管家紺野小姐，四人都在飯廳或廚房裡。綜合大家的證詞，能確定的是，巧克力送到在客廳的一朗先生手上至發生不幸之間，沒有任何人進入一朗先生的書房。」

「換句話說，沒人有機會將原子筆丟進垃圾桶？」和夫問。

「沒錯。」天下一點頭。

「這就怪了。照你這麼說，凶手不就不在我們當中？」我望著天下一的側臉質疑。

「不，凶手就在我們當中。」

「但你剛剛又說……」

「警部，」天下一面向我，「完全滿足三項條件的，在我們當中只有一個人。」

「是誰？」我問。

「會是誰？」

「到底是誰？」

大黑家的人一齊追問。

天下一深深吸一口氣，慢慢呼出，舔了舔脣回答：

「能夠在宅邸內自由活動，又能將原子筆丟進一朗先生書房裡的人，就是你啊，警部。」

他指向我。

在場所有人都睜大眼，發出驚呼。

「你在亂扯什麼？不要胡說八道！」

「乾脆點承認吧！」天下一說：「你藉著聽取證詞的名義進到一朗先生的書房，趁機偷偷將原子筆丟進垃圾桶。」

「太可笑了，我殺他的動機是什麼？」

「別再裝傻，我都調查清楚了。」

「開玩笑也要有個限度。調查我？查個屁啊！」我嚷嚷著。

「我找到凶手購買巧克力的店，也拿你的照片給店員看過。你當時似乎是戴著口罩進店裡，但店員記得你額頭上那道傷痕。」

我不自覺地摸了摸額頭。的確，這裡有道傷痕，是我年輕時被某個罪犯割傷的。

「還有另一個證據。次郎先生遇害那天晚上，我不是問你，是不是跑去偷吃巧克力嗎？我看到警部的白襯衫上沾了巧克力色的污漬，但我想那並不是巧克力，而是殺害次郎先生時濺上的血跡吧。只要拿那件襯衫送驗，眞相就會大白。」

「唔……」我一時想不出話語反駁，只能直挺挺站在原處。

「怎麼可能……警部怎麼會……？爲什麼要做出這樣殘忍的事……」大黑敦子說不下去，難以置信地搖著頭。

我瞪著她端麗的面容，「……『爲什麼要做出這樣殘忍的事』？我才想問你們呢！你們這些人，才是殺人凶手！」

「這是什麼意思？憑什麼說我們是殺人凶手！」

「哼，講話很大聲嘛，你們難道忘了羽奈子嗎？」

「羽奈子……？啊！」大黑敦子臉色大變，「您……是她的……」

「我是她的父親。」我狠狠瞪著她。

我的女兒羽奈子，曾與大黑次郎交往，兩人訂下婚約，一切進展順利，羽奈子也在大黑邸住過幾天。然而，大黑次郎卻毫無預警地拋棄羽奈子，與大黑製藥重要客戶的女兒多香子結婚。想也知道，次郎是奉父母之命，但羽奈子承受不住打擊，在上個月自殺。從那時起，我便一直策畫要報復大黑家。

「羽奈子自殺……怎麼會……我完全沒想到事情會演變成這樣！」敦子神情哀戚地垂下頭，但現在說這些都太遲了。

「看來，我猜的沒錯。」天下一繼續道：「你武斷地堅持寄送毒巧克力的凶手是大黑家成員，就是爲了能藉搜查的名義在宅邸內自由活動。」

「是啊……」

「大黑先生喜歡吃巧克力，還有地下室的存在，都是你聽女兒說的吧？」

我點點頭。

部下戰戰兢兢走上前，輕輕爲我銬上手銬，仍是難以置信的神情。

「什麼跟什麼嘛！」突然，天下一猛抓頭。「出現了，終於出現了！敘述者的『我』就是凶手，這早被用爛的手法！任誰都製造得出的意外性，毫無技巧，娛樂性零！」

「哎，別這麼說。」我安慰他：「也有推理迷會爲這種程度的意外性高興。」

「那種人才不是眞正的推理迷！」天下一轉向讀者，不停鞠躬：「對不起，這次的詭計對大家很不公平。眞的很對不起！」

這時，玄關傳來「磅」一聲。沒多久，一名男人神色匆忙地衝進客廳。只見嘴上留著小鬍子的男人呼呼喘著氣，環顧眾人，搔著頭說：

「抱歉，我來晚了。另一件案子多花了點時間……」接著，他——大河原警部，睜大眼看著我。「怎麼啦？金田警部，你臉色不太好喔！」

# 第十一章

## 禁語——無頭屍

那座白色高塔只有一樓是四四方方的，二樓以上直到塔頂都是圓柱形構成。整根塔柱除了幾處設置有小窗，外觀平滑樸素，是毫無特徵的建築。

或許是抬頭看得太久，脖子有些痠痛。我伸出右手，輕輕捶了捶後頸。

「塔高約六十公尺，直徑則是六公尺左右。」轄區刑警說道。他抬頭看著高塔頂端，我則望著他鼻孔露出的幾根鼻毛。

「是蓋來當燈塔嗎？」

我是開玩笑的，刑警卻一臉認真地搖著頭：「不，應該不是。在陸地正中央蓋燈塔是沒用的。」

「啊，我知道了，是防火瞭望臺！」

「如果有所冒犯，非常抱歉，不過……這種時代沒必要蓋防火瞭望臺……」刑警答道。

這人還是沒察覺我在開玩笑。

「所以，」我乾咳兩聲後問：「這塔究竟是蓋來幹麼的？」

「據雨村家的人表示，似乎是用來進行冥想的地點。」

「冥想？想什麼？」

「塔主雨村先生常向親友透露自己厭倦世間紛擾，因此蓋了這座塔，每當心情煩悶，便爬上塔頂獨自冥想，洗滌心靈。」

「哦，有錢人也有煩惱啊。」

我繞了高塔周邊一圈。南側是一棟歐洲貴族風格的大宅邸，北側是略高的小丘，西側是森林，東側是私人高爾夫球場，這些都坐落於雨村大宅的腹地內。有錢人果然絲毫不受景氣影響。

「昨天晚上，雨村邸裡有哪些人？」

「根據目前查到的消息，昨晚出現在雨村邸的都是前來參加派對的親友，共二十三人。」

「包括風間大介嗎？」

「不，風間先生並未出席派對。而且，他根本沒踏進宅邸大門一步。」

「沒進宅邸？怎麼回事？」

「我也不是很清楚，風間先生昨晚似乎是直接過來這座塔。」

「哼，」我再度仰望高塔，「反正先進塔裡瞧瞧吧。」

還是上午時分，塔裡卻相當昏暗。一走進入口，迎面的管理員室裡，有個瘦瘦的老人正在看電視，一察覺有訪客，慌忙戴上眼鏡向我們點頭致意。

「看到風間先生上塔的就是他。」轄區刑警說。

我決定先向老管理員問話。

「風間先生昨晚大概在十一點半左右到達，一進來，二話不說就走上階梯。他原本就常來，熟門熟路的，雖然我也覺得時間有點晚，不過並沒有太在意。」老管理員一邊回答，頻頻推著眼鏡。

「你確定那是風間大介嗎？」我又確認一次，這老頭子的視力似乎不太好。

沒想到，老頭子不服氣地回道：「錯不了，那肯定是風間先生。我絕不會錯認，這副眼鏡是前幾天剛去配回來的！」他摘下嵌著厚厚鏡片的老花眼鏡給我們看。

「他當時的打扮呢？」

「風間先生穿著黑色燕尾服。」

這麼說來，風間原本打算出席那場派對？

「在風間之前，有人上塔嗎？」

「沒有。」老人十分肯定。

「之後呢？」

「沒有。」老人語氣益發堅定。

「你確定嗎？」

「非常確定！風間先生一直沒下塔，我開始覺得奇怪——大概是十一點半吧，祕書就來了。」

「祕書是來找雨村先生？」

「是的。祕書問我有沒有看到老爺，我說老爺沒過來，只有風間先生在塔上。祕書覺得不太對勁，便上塔去查看。」

「然後……就看到那個？」

「是的，這就是發現屍體的過程。」一旁的轄區刑警應道。

「好吧，我們先上去瞧瞧。電梯在哪裡？」

「沒有電梯。」管理員回答：「請走階梯上去。」

「什麼？六十公尺的高塔，只能爬階梯上去？」

「是呀。」管理員點頭。

我瞄了瞄身旁滿臉歉意的刑警，又望向管理員，不禁嘆口氣。

我們沿著內壁的螺旋狀階梯往塔頂走去。顯然，塔主雨村也沒辦法一口氣走到塔頂，因此沿途設有多處樓梯間，還放著供休息用的椅子。樓梯間的牆上有玻璃窗，看得見外頭的風景，卻是無法打開的內嵌式窗戶。

「聽說，風間……呼……呼……是個探險家？」我邊喘邊問轄區刑警。

「是的……呼……呼……雨村先生是……呼……風間的……吁……吁……探險活動贊助人。」

「雨村……喝……喝……爲什麼會贊助……呼……呼……風間？」

「他們是……高中……同學……所以……呼……呼……」

愈走愈虛脫的我們終於來到塔頂，打開鐵門走出去，眼前是圓形的觀景臺。

「啊，大河原警部，辛苦了！」早已來到塔頂的部下向我打招呼。塔頂共有四名刑警，一群人圍著由藍色塑膠布遮住的遺體。塑膠布一角，露出死者穿皮鞋的雙腳。

「這就是被害者嗎？」雖然看也知道，愼重起見，我還是問一聲。

「是的，您要確認一下嗎？」其中一名部下問我。

「當然，掀開給我看看。」

此話一出，部下的神情瞬間一沉。停頓數秒，其中一人起身，掀開塑膠布，於是一身燕尾服的軀體在我面前一覽無遺。

「唔——」我發出呻吟。自從當上刑警，我見過無數屍體，這次雖然不至於一看到就吐，仍得拚命忍住別開臉的衝動。

因爲這具屍體沒有頭。

我無語地愣在當場，背後突然傳來腳步聲與喘息。回頭一看，穿著皺巴巴西裝的天下一大五郎，爬完階梯來到塔頂。

「你好……咳……咳……大河原警部。」偵探看到我，顯得十分高興。

「你來幹麼？」

「幹麼？……當然是來工作。聽說發現無頭屍，不是嗎？喔，就是那個吧！」走上觀景臺的天下一，推開我走到塑膠布旁，低頭一看：「嗚哇……」

「哼，就算是你也會嚇到吧。」

「嚇到了。話說回來，大河原警部，查出被害者的身分了嗎？」

「死者叫風間大介，是一名探險家。」

我將方才從管理員那邊得到的情報，連同案情概要向天下一做了說明。按理，警方不會向外行偵探透露辦案進度，不過，那樣故事會無法順利進行，我只好什麼都告訴他。

「我明白了，所以目前有許多謎團尚待解決。」

「我知道你想說什麼——『從現場狀況研判，肯定是他殺，但來到塔頂的，只有被害者風間一人。那麼，凶手究竟是從何而來，又消失到哪裡去？』，沒錯吧？」

「還有『為什麼凶手要砍掉死者的頭？而且，頭顱的下落呢？』，這些也都是謎團。」

「本格推理迷一定在流口水了！」

「該有的小道具都湊齊了！」

下高塔後，我往雨村邸走去，打算前往調查從昨晚便行蹤不明的雨村一案。天下一也跟過來。

我最先偵訊的是發現無頭屍的年輕祕書霧野。他的長相斯文，當了雨村三年的貼身祕書。由於過度驚嚇，目前正在休息，我們前往他的床畔進行訊問。

「昨晚是為了慶祝社長的妹妹——雪子夫人生日而舉辦的派對，大多數賓客都在十點左右離開，留下過夜的，只有雪子夫人夫婦及他們的幾名好友。晚上十點之後是自由活動時間，有人回自己房間，也有人繼續飲酒作樂。將近十二點，大家發現社長不見蹤影，宅邸裡到處都找不著，我猜想社長會不會又到高塔冥想，便上去查看，沒想到竟在塔頂發現……」霧野似乎又想起目擊無頭屍那一幕，臉色益發鐵青。

「昨晚的派對，風間先生也受邀了嗎？」

「沒有，我沒聽說要邀請風間先生參加。」

「最後看到雨村先生的是誰？」

「我不是很清楚……不過，大家都記得十點多送客的時候，社長還在……」

這時，天下一提出問題：「當時雨村先生是怎樣的打扮？」

祕書立刻答道：「他穿黑色燕尾服。」

「這樣啊。」偵探面露釋然之色，點點頭。

接下來是雨村的妹妹與妹夫。比起不知從哪冒出的探險家之死，雨村的妹妹雲山雪子，更在意唯一的血親——哥哥雨村的下落，一直催促我們趕快協助尋人。

而且，她還說了這種話：

「關於風間先生遇害一事，如果你們懷疑是哥哥下的毒手就大錯特錯。哥哥絕對不會做那種事。」

「我們並未懷疑雨村先生，您爲何會這麼想？」

「在風間先生遇害的同一晚，哥哥失踪了。通常遇上這種情況，警察不都會懷疑哥哥就是凶手嗎？」

我看向天下一，天下也是一臉複雜的表情，低頭苦笑。

偵訊完雪子，找來她的丈夫雲山五郎。雲山有張四角臉，看上去規規矩矩的，一問之下，才知道他擁有數家公司，雖然權勢比不上以休閒產業與買賣不動產累積巨富的大哥雨村荒一郎。

我問他有沒有什麼線索。

「沒有，我跟風間先生不是很熟。」雲山平靜地回答。

聽完雲山夫婦的供詞，我和天下一走出宅邸。

「大河原警部，有件事我一直耿耿於懷。」天下一突然停下腳步。

「幹麼一本正經的？如果是對搜查方向有意見，就不勞你費心，我沒落魄到要外行偵探來指導辦案。」

「不是搜查上的事。」天下一搖搖頭，「是關於這篇故事的後續發展。」

「你又有哪裡不滿了嗎？」我離開小說的世界問道。

「唉，那些某種程度上一看就知道葫蘆裡賣什麼藥的詭計，我還能接受，但這次實在太過分了！幾乎所有讀者都發現部分真相，我不想幫作者繼續裝傻下去。」

「喔喔，你說那個啊。」

「就是那個。」天下一回答：「讀到這裡，還以為那具無頭屍是風間先生的讀者，要不是注意力散漫，就是沒有認真在讀這篇小說！」

「這倒是。」我也同意，「那具屍體其實是雨村，連小學生都知道吧。」

「出現無頭屍體時，首先就該懷疑被害者的身分——這是推理小說的基本公式，而且凶手與被害者對調的推理小說，更是多如天上繁星。我實在不想在最後還得裝模作樣地解開早就被人看透的謎底。」

「哇哈哈……」我笑了，「這點你不必煩惱，接下來我們警方就會查明死者其實是雨村，你可不能無視科學辦案。」

「聽你這麼說，我安心多了。不過，這麼一來，重點謎團就變成『雨村先生何時上高塔？是誰殺害他？屍體為何會被砍去頭部？』，還有『風間大介去哪裡？』。」

「是呀，當中最關鍵的，就是凶手砍掉雨村的頭的理由。」

「嗯，只要這個謎團解開，其餘的也就不成問題。」

「通常凶手砍下屍體頭部的動機有哪些呢？」

「只砍下頭部，與『分屍』的動機不太相同，最常見的原因是想隱瞞死者的面容。雖然無法瞞到底，至少在確定死者身分之前，凶手能爭取到一些時間。」

「嗯，這個動機很實際，卻十分無趣。如果只是這樣便砍掉屍體的頭，本格迷恐怕會不滿意。」我皺起眉。

「也可能是凶手想掩飾什麼。好比，凶手開槍打中被害者的頭，子彈卻卡在頭顱裡，為了不讓人找到子彈，便將頭割下藏起來。」

「這個動機不錯，但不夠聳動。」

「那麼，這個如何？你聽過人在死亡的瞬間，見到的景象會烙印在視網膜上嗎？」

「沒聽過……是眞的嗎？」這我還是第一次聽到。

「假的。」天下一答得乾脆，「但凶手若是相信這個傳聞的人呢？在下手時被看到面容，心想這可不得了，於是將屍體的頭砍下處理掉。」

「這樣讀者會滿意嗎？」我盤起胳膊。

「這個嘛，得看作者的功力。」

「是嗎？那應該不是這個動機，我們的作者沒辦法處理花式技法。」

「也是。」天下一露出奸笑。

「搞不好動機其實很單純，好比『只是想讓氣氛詭異一些』之類的。」

「眞是這樣，我們就把作者揍一頓吧！」

我倆看著對方，點點頭。

一如我向天下一預告的，沒多久，警方便確定死者並非風間大介，而是宅邸主人雨村荒一郎。此外，雨村體內檢測出一種強力的植物毒素。於是，至今以「死者是風間」爲前提進行的一切蒐證工作，又得從頭開始。

原先一直擔心哥哥會被視爲嫌犯的雲山雪子，頓時成了悲慟欲絕的被害者家屬。

「我不相信……哥哥怎會被殺……而且遺體遭受那樣的凌虐……」她依偎在丈夫懷裡，泣不成聲。

「您指認過遺體了嗎？」我問。

「我只看了身軀的部分……是的，那的確是哥哥。雖然最近突然發福，肚子大了許多，但確實是哥哥沒錯。到底是誰這麼殘忍……」

「令兄身邊有什麼可疑的人，或是曾捲入糾紛嗎？」

「不知道……我根本無法想像會有人怨恨哥哥……」

有錢人要完全不與人結怨有點困難吧，不過雪子難過到瀕臨崩潰，我不好多說什麼。

另一方面，原先以爲是被害者的風間大介，反倒成爲嫌疑最大的重要關係人。經調查發現，雨村確實不打算繼續贊助風間的探險活動，我們合理地懷疑風間懷恨在心，殺害了雨村。於是，我出動所有警力找尋風間大介的下落。

然而，縱使找到風間，仍有好幾個疑點尚待釐清。

我們發現高塔正下方的土裡滲入大量血液，也找到疑似用來鋸斷頸部的鋸子。換句話說，此處極可能就是雨村被斷頭的現場。但若是在塔下方行凶，又是如何將無頭屍體搬到塔頂？

至於風間棄屍後自塔頂消失的手法，由於查出他持有跳傘執照，想也知道他是怎麼辦到的。既然風間是探險家，會跳傘並不意外。

「他應該是利用降落傘，從塔頂飄下地面吧。那段時間，雨村邸內正在辦派對，高塔一帶四下無人，要逃走根本不難。」我在搜查會議上說明自身的推理。

「但依據管理員的供詞，風間並未帶著那麼大的裝備。」一名乳臭未乾的年輕刑警囂張地提出反對意見，「我還是覺得，風間是使用繩索垂吊下塔。」

「那糟老頭的供詞哪能信啊！雖然他說最近剛配了眼鏡，但之前是個會對著鏡子打招呼的超級老花眼。更何況，那座高塔上根本沒有能夠固定繩索的地方，風間一定是利用降落傘下塔。」

正當我牽強地爭論時，一名刑警衝進來。

「不好了！」

「怎麼？」

「風、風、風間的屍體……發現風間的屍體了！」

「什麼！」我猛然站起，小腿撞上桌腳，痛得要命。

風間的屍體在高塔西側的樹林裡被發現，繩索纏上樹枝，吊頸身亡。

「唔，風間這傢伙，知道難逃法網，選擇自殺嗎……」

「警部，那邊的林子裡發現這個！」部下拿來一個黑黑的小箱子。

沒多久，在附近找出以塑膠袋裝著的雨村頭顱，尋獲頭顱的年輕員警嘔吐好一陣子。

「那是什麼？好像是收音機？」

「不知會不會跟命案有關？」

「應該無關，大概是誰亂扔的垃圾吧。」

「不不不，大有關係！」聲音從背後傳來，我回頭一看，天下一揮舞著手杖走近。

「你來幹麼？不要妨礙搜查。」

「我不會妨礙你們，我是想爲各位解開這次的謎團。」
「解謎？不好意思，天下一，凶手自殺了，案件已解決。」
「還早，眞相尙未大白。大河原警部，能麻煩你將相關人士都找來嗎？請他們到高塔下方集合，就是鋸掉雨村頭顱的地點。」
所有人到齊，天下一深呼吸一口，故事終於來到最高潮。
「殺死雨村先生的，正是風間先生。風間先生約雨村先生在派對結束後到高塔旁，設法讓雨村先生服下毒藥，將他殺害。接著，風間先生若無其事地進入塔中，讓管理員看到他之後，走上塔頂。」
「等等，風間的屍體留在原地嗎？」我問。
「是的，屍體被留在塔下方。然而，走進塔內的風間先生在此遇上第一個失算——管理員認出他的身分。風間先生以爲老管理員視力不好，應該看不清他的面容，沒想到老先生剛配新眼鏡。」
「這樣啊。」
「風間先生沒發現這個失算，按原訂計畫爬到塔頂，等屍體上來。」
「等屍體上來？什麼意思？」
「等共犯將屍體送上來。」

「什麼！共犯？」我大聲叫了出來，「風間有共犯？」

「是的。在風間先生陳屍的林子附近，不是找到一個像收音機般的黑色小箱子嗎？那並不是收音機，而是無線電收發器。風間先生與共犯分別站在塔頂與塔下方，透過無線電聯繫。」

「共犯是誰？」我環視現場，每個人都面露不安，看著彼此。

天下一指向站在雪子身邊的男人，「共犯就是你，雲山先生。」

「咦！」最先驚叫出聲的是雪子。

「什、什麼，不、不要隨便亂講！」雲山拚命搖頭。

「我都調查過了，你的公司經營困難，唯有雨村荒一郎能夠融資拯救你。然而，最近雨村先生卻對你很有意見，他知道你背著雪子夫人，在外頭有女人。」

「咦？」雪子睜大眼，「親愛的，這是眞的嗎？」

「胡、胡扯，怎麼可能是眞的！」

「很遺憾，我說的都是眞的。這消息是來自雨村先生的摯友，可信度相當高。雨村先生得知消息後勃然大怒，甚至考慮要讓雪子夫人和你離婚。這麼一來，你就什麼都不剩。你想挽回頹勢，方法只有一個，就是殺死雨村先生。於是，你找同樣怨恨雨村先生的風間先生聯手犯案。」

「聽你在胡說八道！」雲山大喊。

「偵探先生，外子……究竟做了些什麼？」雪子強忍著激動的情緒，想先釐清眞相。

「雲山先生透過無線電收到風間先生的指示，開著轎車來到高塔後方，也就是此處。看到雨村先生的遺體，便著手送上塔頂。」

「喂，等一下。」我插嘴道：「屍體那麼重，怎麼搬上塔？」

「方法其實很簡單，只要利用這個。」天下一打開停在一旁的汽車後車廂，裡面有一疊摺得像被單的塑膠布和一個大氫氣鋼瓶。天下一將塑膠布展開，於是出現一個扁扁的巨大圓形，不，應該說是壓扁的球體。

「這……該不會是……」我知道這是什麼了。

「是的，這是超大的氣球。風間先生原本打算在下次的探險活動使用，特別向橡膠公司訂製數個大氣球。這款應該和犯案用的是相同尺寸。」

天下一突然把附在氣球底部的鉤子掛上我的褲腰帶。

「哇，你幹麼？」

「雲山先生就是像這樣，將鉤子掛到雨村先生的皮帶上，接著將氫氣灌入氣球。」

天下一打開氫氣鋼瓶的瓶閥，氫氣經由導管灌進氣球內。氣球眼看著愈脹愈大，沒多久便浮在空中。天下一繼續灌氫氣進去，膨脹的氣球竟將我拉離地面。

「哇，救命啊！」我只剩腳尖著地，身子懸在空中，拚命揮動四肢求救。

「如各位所見，雲山先生就是利用這個方法讓屍體升空。不過，爲了避免氣球隨風亂飄，風間先生應該是先從塔上丟下繩索，讓雲山先生將繩索綁在氣球上，再灌入氫氣。這樣一來，風間先生只要拉扯繩索，便能將飄在空中的屍體拉到身邊。將屍體安置於塔頂，再利用這個大氣球離開高塔。」
「原來如此。」我仍是半懸空的奇怪姿勢，「那麼，他們爲何要鋸掉雨村的頭？」
「那並不在原訂計畫中，雨村先生應該要以全屍的狀態被發現死在塔頂。如我剛才所說，他們以爲管理員認不出爬上高塔的是誰，若一切全照他們的計畫進行，警方會怎麼判斷這起命案？想必會研判雨村先生是自行爬上塔頂，服毒自盡吧？」
「我明白了，而且大家都知道雨村只有煩惱時才會來到塔上。哼，眞是太惡劣了！可是，照你這麼說，我更搞不清楚爲何非斷頭不可。」
「重點就在這裡。主犯風間先生一直以爲是照原訂計畫進行，沒想到關鍵時刻出現第二個失算——共犯雲山先生背叛他。塔下方的雲山先生將屍體的頭部切掉，這麼一來，『雨村先生自殺說』便無法成立，接下來再殺死風間先生，便能將一切罪行都推到風間先生身上。雲山先生的動機在於，除掉雨村先生之後，唯一的絆腳石就是知情的風間先生。」
「不是的，不是的！不是那樣的！」雲山想衝上前，旋即被我的部下壓制住。雲山當場號啕大哭。
「別再做無謂的掙扎，只要去搜索你家，一切就水落石出，一定會找出氣球和氫氣鋼瓶。」
「沒錯，你們馬上去申請搜索票。」半懸在空中的我命令部下。
「親愛的……你怎麼……你怎會殺人？……而且……殺的是哥哥……」一直故作鎭靜的雪子終於崩潰，昏了過去。

「不是的、不是的，我沒有殺人！我沒有殺任何人啊！」雲山哭喊。

「別這樣，太難看了。的確，你並沒有親自動手殺死雨村先生，但殺死風間先生的就是你吧！」

「不，不是的，是他、是他自己出紕漏！風間利用氣球從塔頂下來的時候降落失敗，繩索一端纏到樹枝，另一端又好巧不巧纏到他的脖子，他就這麼倒楣被勒死。我趕到樹下，他早就斷氣。雖然有點對不起風間，我丟下雨村的頭顱，回收氣球便逃走。」

「繩索不巧纏到樹枝上？哪有這種事！」天下一忍不住生氣。

「是眞的，請相信我！」

「那你爲什麼要鋸掉雨村的頭？」我問：「難道不是爲了陷害風間入罪嗎？」

「不是的，鋸掉頭顱是有原因的！」

「什麼原因？」

「呃，其實是……」雲山以袖子擦了擦眼淚與鼻涕，「飄不起來……」

「咦？」

「你說什麼？」

「飄不起來啊。氫氣把氣球灌得又滿又脹，屍體仍飄不起來。我們依據大哥的體重做過詳細計算，卻忘了他最近突然發福。但勉強再灌氫氣進去，萬一氣球爆炸就糟了……當時眞是急都急死了。」

「該不會是……太重，你才……」天下一不安地問。

「是的，我想到人體最重的部位就是……」

「嗯──」

「嗯──」

我與天下一沉吟半晌。然後，天下一像是突然想起什麼，抬頭問雲山：

「可是，如果不是預謀，你手邊為什麼會有鋸子？一般人沒事不會帶著鋸子吧？」

「喔，那個啊。我車子後車廂裡剛好有一把，眞是太幸運了。」

「幸運個頭！」天下一的語氣粗暴，「哪有那麼巧的！」

「可是，」雲山看了看天下一，又轉向我，搔著頭說：「在運用詭計的推理小說裡，不是都得靠『巧合』才收得了尾嗎？」

「啊。」

「啊。」

天下一臉色大變，我的神情恐怕也好不到哪裡去。

「你、你、你……你說這什麼話！」我的話聲顫抖著。

「眞是沒禮貌！」

「胡說八道！」

「竟敢說什麼『巧合』！」

「就是嘛！」

「那個詞是禁語！」

我們不停朝雲山的腦袋揮拳。

# 第十二章

## 談到凶器——殺人手段

我喝著啤酒，一邊讀《鬼平犯科帳》（*1），睡意逐漸襲來。我放下書鑽進被窩，正要進入夢鄉，忽然有人敲門。我打開床頭燈，看了看時鐘，半夜一點多。我搔著頭走向大門。

「哪位？」

「這麼晚來打擾，眞是抱歉。我是町田。」

我開了門，門外是一臉歉疚的町田清二。

「町田啊，這麼晚有什麼事嗎？」

「是……館裡出事了，我不知該怎麼辦才好……內人建議我來找您商量……聽說大河原先生在東京是很有名的警部……」

「哈哈，也沒多有名啦。嗯，你說出事了，是什麼情況？」

「其實……」町田清二吞了口口水，「家兄死了。」

我瞬間挺直脊背，整個人彈起來。

「你說什麼？遺體在哪裡？」

「在中庭，您方便跟我來一趟嗎？」

「當然……啊，先等等，我換件衣服。」

我回到床邊，換上馬球衫和居家長褲。唉，難得來這種地方，還會碰上這種不幸，眞是倒楣透頂。

換好衣服，我跟著町田清二走下樓。

我唯一的興趣就是旅行。每當搜查告一段落，偶爾得空連休，我都會坐上夜行列車，出遠門隨興晃晃。

這次，我來到群山環繞的「異文峠」，周圍山峰都不是很高，卻非常險峻，糧食等生活用品都倚賴每週上山一次的卡車送進來。由於地處偏僻，觀光客很少來這一帶，會來山中這唯一的度假小屋投宿的都是常客，他們中意的就是杳無人煙、與世隔絕的環境。

是的，我也是這幢度假小屋「口字館」的常客。像我這樣沒日沒夜地被命案搜查追著跑的警部，常會想來這樣的地方放鬆、澄靜一下心靈。

這幢度假小屋原本是町田清一郎蓋來當別墅的，只是交通實在不便，落成後鮮少來度假，這麼空著又很可惜，於是他將別墅改爲供遊客休憩的度假小屋，交給弟弟與弟妹經營管理。而清一郎的弟弟，就是町田清二。

聽到「口字館」，或許不少讀者會覺得是怪名字，其實是有原因的。這幢度假小屋的建築，從上空俯瞰就像個「口」字，中庭位於正中央，住房則圍繞著中庭。一樓有管理員夫婦房間、餐廳與大廳，二樓有八間客房，三樓的房間則保留給屋主清一郎偶爾來度假時使用，不對外開放。

一樓圍繞著中庭的是整面落地玻璃窗，留宿館內的遊客得以一邊享受美食，一邊欣賞人工庭

＊1 「鬼平犯科帳」系列作，池波正太郎（一九二三—一九九〇）的知名連載捕物帳小說，諸多影像化版本，膾炙人口。

園之美。而且，庭園為開放式設計，遊客在二樓或三樓扶手處只需探頭俯瞰，便能將中庭美景盡收眼底。此外，中庭正上方的挑高天花板為玻璃帷幕，隨著季節或時間移轉，採光充足又多變化，在夜裡還能望見滿天星斗。

我跟著町田清二來到一樓。昏暗的大廳裡，長椅上有道人影，我以為是清一郎的遺體，那人卻回頭望向我們。是町田的妻子。

「泰子，現場有什麼動靜嗎？」町田清二問。

「沒有。」泰子夫人搖搖頭，接著面向我說：「警部，怎麼辦……」

「清一郎的遺體呢？」

「在那裡。」町田清二打開手電筒往外一照。

我順著望去，那道光線落在中庭。隔著落地窗，看得見許多觀葉植物，地上躺著一名男人，從禿頭與宛如相撲力士的肥胖體形來看，毫無疑問，正是町田清一郎。他穿著藍色睡袍，上頭滿是黑色污跡，很像是飛濺的血跡。仔細一看，屍體旁散落著玻璃碎片，一眼就曉得清一郎肯定斷氣了。

「是哪位發現遺體？」我問町田清二夫婦。

「是我。」清二答道：「我在巡邏時發現的。」

「大概是幾點？」

「嗯……」他拿手電筒照著手表，「剛好是半夜一點。」

「有沒有聽到什麼可疑的聲響？」

「沒有。」

「發現遺體前，你最後一次經過這裡是幾點？」

「十二點左右。那時候中庭沒有任何異狀，我去檢視熱水器開關等等，再回到這裡就……」

就發現遺體。

「我想看仔細些，方便讓我進中庭嗎？」

「啊，當然。」

町田清二拿起掛在腰際的一大串鑰匙，走近落地窗圍繞的中庭。有一扇鋁框玻璃門是出入口，清二打開門鎖。

「請先不要靠近現場。」說完，我借了手電筒踏進中庭。

町田清一郎宛如仰泳般倒在地上，睡袍衣襟大開，露出渾圓的肚子。

明顯的外傷有三處——胸部、右大腿與左掌，三處傷口都像是遭利刃刺傷，尤其是左掌，完全被刺穿。

「嗯……死狀眞是悽慘。」我的頭上傳來話聲。

我嚇一跳，抬頭一看，原來是在二樓扶手邊探出頭的天下一。

「喂，你幹麼突然冒出來！」

「你們實在太吵了，我當然會想出來瞧瞧發生什麼事。」
「回你的房間去啦！」
「別這麼見外，我怎麼能回房？我馬上下去。」天下一的身影從二樓扶手邊消失。
我一副不堪其擾的模樣，不過，當然只是「唉，那個外行偵探又來攪和」這種小抱怨的程度罷了。
可能有人會覺得天下一出現在此太不自然，其實沒什麼好奇怪的。他不知從哪打聽到我跑來度假，吵著說早就想來看看，便大大方方跟在我後頭入住。
「看來，這是遇刺身亡。」天下一走進中庭，「凶器呢？」
「沒看到，好像沒留在現場。」我拿手電筒照了照四周。
「命案的第一現場是哪裡？」
「你沒睡醒嗎？當然是這裡！瞧瞧這些飛濺的血跡，僞裝不來的。」
「嗯，大概吧……」天下一盤起胳膊，仰望中庭上空，接著回頭向在門後探頭探腦的町田清二問：「這個時間，小屋的出入口全是鎖上的嗎？還是，有哪處能夠自由出入？」
「全都鎖上了。我剛剛去巡視的時候，逃生門和玄關都鎖得好好的。」
「那些出入口的鑰匙收在哪裡？」
「在我們夫婦的房間。」
「但町田清一郎也擁有鑰匙吧？畢竟他是度假小屋的所有人。」

「不，大哥嫌麻煩，並未留下備鑰，我們房裡的是唯一的鑰匙。」

「哦，」天下一揚起嘴角，「這下有趣了。」

「呃，該怎麼處理才好？」町田清二不安地問。

「這還用說，當然是立刻聯絡本地警察。」我回答。

「啊，是、是！」町田慌慌張張地穿過大廳離去。

接著從中庭門後探出頭的是町田的妻子。「請問……需不需要通知其他客人？」

我望向天下一，他湊近我耳邊悄聲低語：「凶手一定還在小屋裡。」

於是，我對泰子說：

「把所有人都叫醒，請他們到大廳集合。」

這天晚上投宿「口字館」的遊客，除了我與天下一，還有五人——上班族宮本治與未婚妻佐藤莉香、散文作家A、正在環遊日本的學生B、畫家C。

五人當中，只有宮本治可能涉案，他任職的公司，就是死去的町田清一郎經營的製藥公司。清一郎將這幢度假小屋納入公司的福利，開放給員工使用，所以偶爾會有員工來住宿。佐藤莉香是宮本的女友，間接與清一郎有些交集，勉強算是登場人物之一。至於剩下的A、B、C三名人物，顯然是作者寫來誤導讀者，與故事主軸毫無關係。連讀者都能一眼看出作者的企圖，何必列出這些人？其實，作者是擔心度假小屋的客人太少會不自然，只好勉爲其難讓他們登場，所以沒必要爲這些跑龍套的取名字，就叫他們A、B、C吧。

除了A、B、C三人，還有幾位需要借用英文字母取名，包括廚師E、打工的服務員F與G。他們住在離度假小屋稍遠的別館，以距離等物理性條件來看，絕不可能犯案。

此外，還有一位投宿度假小屋的非一般遊客——清一郎的年輕情婦桃川好美。清一郎的妻子十年前去世，桃川好美常跟著清一郎來度假小屋。兩人就住在三樓，清一郎專用的房間。

當然，嫌疑最大的就是桃川好美。我和天下一將她單獨叫到其他房間偵訊。

「清一郎先生來山莊之後，舉止有沒有什麼不尋常？」

「都很平常啊，在床上照樣是一尾活龍。」好美答得直接。

「二位在睡前聊些什麼？」天下一問道。

「嗯……我們聊了愛吃的東西，還有他說要買戒指給我……」好美皺起眉頭，「啊——可是他死了，戒指怎麼辦！」

「清一郎先生很早入睡嗎？」天下一繼續問。

「不知道，我先睡著了。啊，他好像很在意時間，一直在看手表。」

「看手表……？」天下一納悶地望向我。

桃川好美離開後，我嘆了口氣。

「看她這種個性，應該不是凶手。搖錢樹死掉，卻一點也不難過，看樣子她眞的只是拿錢辦事。」

「不不，搞不好是精湛的演技。」天下一提出反駁，「可能她曉得要是哭太誇張，反倒會遭警方懷疑，故意裝出毫不在乎。」

「唔，那女的可能沒這麼聰明。」接著我乾咳兩下，悄聲道：「欸，這次的案子到底是哪種類型？」

「說到這個……」天下一咧嘴笑了，這位小說主角換上一副看熱鬧的旁觀者嘴臉。「哼，誰知道？『天下一系列』演了這麼多集，作者的點子差不多用盡了吧。」

「別吊我胃口，你一定知道答案吧！該不會這次又要在遺世獨立的空間裡找凶手？」

「這次的確包含『孤立宅邸』的要素，不過並不是最主要的詭計。你想想，無論凶手是誰，意外性都很低。」

「也是，原來還有主要的詭計……這次屍體是在上鎖的中庭裡發現，所以是你最討厭的那個……嗎？」我說不出口。

「才不是『密室』詭計！」天下一面露不悅，「一樓那座中庭的確是由四面玻璃包圍的密閉空間，但別忘了，對於二樓與三樓而言，那可是個開放空間。」

「也對，雖然陳屍地點奇特，仍不足以構成『不可能的犯罪』……哎，那主要的詭計究竟是什麼？」

「我想大概是……」天下一豎起食指，「『凶器』吧。」

「凶器？」

「這次在命案現場，爲什麼找不出凶器？」

「凶手擔心凶器會成爲指認出自己的證據，於是處理掉了，不是嗎？」

「很合理，凶器常會成爲重要的破案線索。相對地，要是找不到凶器，搜查很容易陷入瓶頸。警方無法解釋死者是如何被殺害的，就算嫌疑再重大，也不能將嫌犯逮捕。」

「所以，作者這次才會設定爲找不到凶器的命案？」

「很有可能。換句話說，這次的主題便是必須推理出『凶器爲何』。」

我沉吟著。「這次的死因是刺殺，手、大腿與胸部共三處，全是被利刃類的凶器所傷。」

「乍看之下，合理的推測應該是短刀或生魚片刀之類的，不過我想一定不是這麼平凡的凶器。」

「你的意思是，凶手多少會下點工夫在凶器上？」

「沒錯。」

就在我倆抬著槓時，町田清二回來了。

「呃，我帶警察過來……」

「終於來了啊。」我站起身。

領著十多名員警前來的谷山署長一臉窮酸相，穿著退流行的西裝，諂媚笑著走近。

「哎呀呀，聽說有東京來的警部在場，這下安心多啦！我們這種鄉下地方很少發生什麼大案子，更別提殺人案，這是我們警署成立以來第一次遇上凶案。老實說，我們一路只顧著趕來，壓根不知該如何是好。」

「那麼，方便讓我以支援的形式加入搜查嗎？」

「當然沒問題！請別說什麼支援，您就盡量吩咐吧，畢竟我們署裡的人都是第一次偵辦命案。」

我自然是欣然接受，但這種情況在現實中根本不可能發生。警官一旦走出自己的轄區，就和普通民眾沒兩樣。何況，所謂的「警部」只是地方公務員，想越區插手辦案，通常只有被當地刑警大罵「閃一邊去」的份。

然而，要是照現實走，小說會寫不下去，於是我接受谷山署長的好意，接下指揮權。

「那就麻煩各位，在這幢度假小屋內徹底進行搜索與採證。凶手應該還沒離開，凶器一定仍在度假小屋中。」

「知道了！」

谷山署長立刻率領部下前往每間客房搜索。

就這樣，兩個小時過去。如天下一所料，到處都找不到凶器。

「提到最有名的凶器詭計，首推『冰之短劍』吧。」天下一坐在管理員室裡啜著咖啡，「或者『乾冰短劍』也行。兩者都有過了段時間就會融化不見的優點，這次的案子也該率先考慮到這種可能性。」

「應該不是乾冰。深山裡鳥不生蛋的，乾冰只能從外頭帶來度假小屋，很難長時間維持短劍的外形直到行凶。不過，若是冰劍，客房裡有冰箱，製作上倒是不難。」

「但冰融解後會變成水，死者的衣物會沾溼。」

「清一郎身上的睡袍是乾的。」我回應：「所以也不是用冰劍……」

「眞傷腦筋，凶器究竟消失到哪裡去？」天下一嘴上這麼說，其實樂得很。

「其他還有哪些藏匿凶器的詭計？」

「『玻璃短刀』是一種。殺完人將凶器扔進水裡，乍看之下是無法發現的。還有，將帶繩索的短劍架上弓箭之類的射殺被害者，再拉繩索回收凶器，就是所謂的『遠距離殺人』。另外，有一種詭計是將岩鹽製成子彈射殺被害者，岩鹽會溶進血液，子彈便消失在屍體裡，但死狀與槍殺相同。不過，這招的可行度頗有爭議，在〇〇七電影《雷霆殺機》(*1)中，有場戲是龐德拿岩鹽塞進來福槍代替子彈，不過鹽巴一射出去只會四處飛散，殺傷力並不大，可能實際上岩鹽子彈根本殺不了人。」

本格推理偵探居然吐出間諜小說主角的名號，我感到有些掃興。

「要是不限於刀刃呢?藏匿凶器的詭計應該還有不少吧?」

「相當多，機械性詭計幾乎都算是這方面，像是約翰・狄克森・卡爾的作品中就有一大堆。」

「對耶，我忘記書名，但有將凶器吃掉以湮滅證據的小說。」我回應：「就是拿食物當凶器。」

「啊，有、有、有！的確有這樣的作品，代表作則是歐美與日本各一。兩篇都是由推理巨匠所寫，連結局都很像，但使用的食物充分反映出東西飲食文化的差異，十分有趣。」

「所以，這類型的詭計，還算有發展性吧。」

聽我這麼說，天下一面露不快，偏起頭。「很難講。的確，如果只是花心思在發展新奇小道具，要讓詭計有新意不是難事。但要是矯枉過正、一味使用高科技機械設計出複雜的詭計，反倒會降低故事的意外性。」

「也是，要是出現『遙控式短刀』之類的，樂趣會大減。」

「對呀，以我們偵探的立場來看，從逆向思考中誕生的詭計才有挑戰的價值。」

「哎，真是的，隨著文明的發達，我們本格推理世界的居民愈來愈難生活。」

正當我深深嘆息時，傳來敲門聲。我應了聲，進門的是谷山署長。

「所有相關人士已聚集在大廳。」

「喔，辛苦你了。」我起身望著天下一，「那我們走吧！」

*1 即「〇〇七」系列電影第十四部《A View To A Kill》（一九八五）。

「嗯！」他也站起，「看來，由名偵探解謎的場面將逐漸減少，我得把握機會全力發揮，讓大家看得盡興。」

「各位，」在眾人的注視下，天下一開口：「我們首先必須搞清楚的是，凶手究竟是如何殺害清一郎先生。只要釐清這點，凶手的身分不言自明。」

「別賣關子，快說誰是凶手啦！」桃川好美噘起嘴。

「請別著急。」天下一伸出食指在眼前左右晃了晃，「根據妳的證詞，今晚的清一郎先生似乎很在意時間，是吧？」

「是呀，他沒事就在看手表。」

「這代表清一郎先生今晚與人有約。等好美小姐睡著後，他便前往那人的房間赴約。」

「那人是誰？」宮本問。

天下一搖搖手要他別急，「當時究竟發生什麼事，現在還不明朗，不過那人可能一開始就打算謀殺清一郎先生吧。他伺機拿出凶器，一口氣刺向清一郎先生的胸口。從遺體研判，清一郎先生應該是當場死亡，但凶手並未停手，繼續拿出第二、第三支凶器，刺向清一郎先生的手和大腿。」

「第二、第三支凶器？」我插嘴道：「你是指，凶手準備三支凶器？」

「正是。」

「搞得這麼麻煩？」

「只用一支凶器，若無法一擊刺死清一郎先生，就得將凶器拔起再刺一次，這麼一來，血會噴得到處都是，因此凶手多準備兩支凶器。」

「沒錯，我也聽過，只要刀不拔起來，就不會噴出血。」町田拍一下手，「所以，那三支凶器一直插在大哥的遺體上嗎？」

「是的。凶手將凶器留在死者身上，接著抬出房間，從扶手處往中庭推下去。」

眾人齊聲發出驚嘆。可能是不自覺想像著那血淋淋的場面，町田泰子等人的臉色有些發青。

「那凶器呢？」我問：「凶器如何回收？……不，不只是回收，凶手如何隱匿凶器？而且，你忘了一點——中庭那些四濺的血跡要怎麼解釋？凶器要是沒拔起來，不會有這麼多血四處飛濺。」

聽到我的質疑，天下一笑了，露出打算大顯身手的自信神情。

「讓我來回答這兩個疑問吧。首先，凶器並未被回收，依然留在遺體上。」

「不可能，現場明明沒看到任何凶器啊！」

「那是看起來沒有而已，事實上凶器並未消失，只是形體改變。」

「形體改變？變成什麼樣子？」

「融掉了。凶手使用的是『冰之短劍』。」

「冰？別說傻話！我們不是一開始就說那是不可能的嗎？死者穿的睡袍、周圍的泥土地，都沒有被水沾溼的痕跡。」

「抱歉，我解釋得不夠清楚。凶手的確將某種液體凍成冰劍，但那液體不是水。」

「不是水，是什麼？」

天下一哼哼笑了起來，「剛剛你不是提過嗎？陳屍現場到處是飛濺的血跡。」

「那又怎樣？」

「那就是凶器的眞面目。」天下一面向眾人，「凶手將血液冷凍，以血做成的冰劍刺殺清一郎先生。血製冰劍在屍體被推下中庭時，受到落下的衝擊，粉碎飛散四處。血的碎冰融解後，看起來就像是從屍體噴出的血液。」

天下一的話聲響遍大廳，所有人都呆住。

過了好一陣子，町田清二先開口：「喔……原來如此，很合理！」

接著，彷彿被清二傳染，大家紛紛發表感想。

「不愧是名偵探！」

「眞了不起！」

「太厲害了！」

「好說、好說……」天下一有些紅了臉。

「哼！」此時，我不得不一臉苦澀地抱怨：「這種程度的推理我也會啊，只是這次想給你一點面子而已。」

在這種狀況下，還要擺出死鴨子嘴硬的態度，是作者在這系列中賦予我的重要任務。事實上，我好不容易放下心中一塊大石。看來，這次我們的主角再度順利解決案子，只剩指認凶手，沒什麼問題。

就在這時，當地警署的刑警遞給我一張紙條。不知怎地，這名刑警滿臉困惑。

我一看那張紙條，上面寫著：

「詳細調查屍體的結果，發現三處傷口皆是右大腿骨的骨折端造成。」

一陣暈眩襲來。

所謂「骨折端」，指的是骨折後，骨頭折斷處的尖端。尤其是裂開再折斷的骨折端，甚至會像刀刃般尖銳。這張紙條上，寫明清一郎身上的三處傷口，都是遭這樣的骨頭端刺穿造成。

這究竟是怎麼回事？我抬頭望向中庭上方，就在這一瞬間，一切的謎團都解開了。

町田清一郎是從扶手邊跌下來摔死的。落地之際，大腿骨折，產生的尖銳骨折端戳破右大腿的肉、貫穿左掌，最後刺穿他的胸部。

由於骨頭周圍附著肌肉，清一郎的屍體臥倒時，骨頭又順勢回到原處。如此一來，當然找不到凶器，因爲凶器就在清一郎的身體裡！

骨折端會發生這種現象是法醫學的常識，只要經過驗屍，很容易察覺。

那麼，是誰推清一郎下樓？

不對。

搞不好，這起命案根本不是他殺，清一郎只是不小心摔死。我聽町田清二說過，中庭上空裝玻璃帷幕天花板，就是清一郎想看星星才如此設計。今天晚上，想看某顆星星的清一郎望著天幕尋找著，不知不覺探出扶手，摔落一樓中庭……桃川好美提到清一郎一直很在意時間，是只有某個時間帶看得到那顆星星，清一郎不想錯過的緣故。

要命。這下麻煩了，天下一剛才的『血之短劍』謀殺論，原來只是荒誕的妄想……

「讓我告訴各位誰是凶手吧！」然而，名偵探天下一大五郎完全無視我的煩惱，提高聲調：「凶手就是你！」他指著宮本治，「是你殺死清一郎先生。」

「什麼……？」宮本往後一仰，驚叫出聲。

「前妻病重時，你曾向清一郎先生提出休假，但清一郎先生以『有重要的生意商談』爲由，拒絕你的申請。就在那天早上，當你還在公司抽不開身時，妻子嚥下最後一口氣。你一直覺得，要是能陪伴在妻子身邊，或許她就不會死。於是那天起，你便對清一郎先生懷恨在心。」天下一滔滔不絕。他什麼時候跑去查出這麼多有的沒的？

「不是的、不是的，人不是我殺的！」宮本哭喊著：「那件事之後，我的確對社長有些心結，但絕對沒殺他！請相信我！」

「裝傻是沒用的，你瞞不過我的眼睛。最有可能取得與清一郎先生同型血液的，就是身爲藥品技師的你。」

「胡說八道，我不是凶手！我沒有殺人！我什麼都沒做，什麼都沒做啊！」宮本終於哭了出來。

我也認爲他不是凶手，畢竟凶手根本打一開始就不存在。

只不過，事情演變成這樣也沒辦法，只能讓宮本含冤接下凶手的角色，好好把戲演完。畢竟這是天下一當主角的系列作，他說凶手使用的是「血之短劍」，就是用上了血之短劍；他說宮本是凶手，就不能是別人。

「嗯嗯，原來如此。哎，這次又被你搶走功勞。」

我說著老掉牙的臺詞，偷偷將手中的紙條撕成碎片。

# 終幕

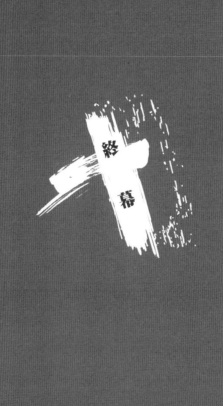

「警部，天下一先生要我們集合案件的所有相關人士。」

年輕巡查的呼喚將我拉回現實。我坐在村裡唯一的派出所裡，拿著杯口缺了一角的茶杯，回憶著過去參與的每一件案子。

「欸，那個偵探又想幹麼?」

「不知道，他好像解開這起案件的謎團了。」

「這起案件」指的是這次的「蛇首村搖籃曲事件」。

「解開?怎麼可能!哼，我倒要看看外行偵探有什麼本領。他要大家在哪集合?」

「在卍家的大廳。」

不必我贅述，這卍家是村裡最有權勢的富豪世家。這次雖然沒有寡婦登場，卍家卻有個美麗的女兒。不過，凶手並不是這女孩，她只是作者寫來誤導讀者用的。

踏進卍家大門，相關人士早聚集在數十坪的寬廣日式大廳裡，圍坐成ㄈ字形。佇立在人群中央的男子，正是天下一大五郎。

我每次都很想抱怨一件事——這個舞臺設定能不能不要這麼千古不變?既然凶手肯定是現場其中一人，單獨找出來逼他認罪不就好了，其他人何必在場?話雖如此，可能還是有不少讀者覺得，這是推理小說不可或缺的經典場面吧。

「大河原警部，請來這邊坐。」

天下一看到我，便招手要我坐在他的身旁。天下一總是成功破案，幫我立功，卻不曾對我惡言相向。

「你該不會又要說一些沒根據的莫名其妙推理，擾亂我們警方搜查吧？」我盤起腿。

雖然我說「你該不會又要……」，其實天下一偵探從未胡亂推理擾亂警方辦案，這些臺詞代表的是我們之間的默契。

「我想不會的。」

「哼，那就好。」我一如往常哼一聲，盤起胳膊。

然而，夠細心的讀者，讀到這裡可能已發現，這些招牌言行舉止與平常有細微的不同。

「好了，各位。」天下一也一如往常展開分析，眾人臉上無不浮現緊張之色。只見天下一不慌不忙地環視眾人一圈，繼續道：「這次的案件非常複雜，我頭一次遇到這樣讓我頭痛的謎團。鬼王寺的和尚爲何抱著木魚死去？麻糬店的姑娘噎死只是意外嗎？一連串令人不解的慘劇，竟都符合村裡流傳的搖籃曲內容，會是偶然嗎？」

「才不是偶然！」名叫彌助的男子站起身，「那是鬼王大人的詛咒，絕對是的啦！」

贊同聲此起彼落。

「不，不是的。這只是僞裝成詛咒，實際上是巧妙構思的連續殺人。我愈是深入調查，愈深刻感受到凶手的冷靜與智慧。首先就讓我從和尚被殺的案子說明吧——」

接下來就是名偵探天下一的重頭戲。他將凶手精心策畫的多起詭計一一破解。在這個階段必須注意的是，絕對不能講出凶手的名字，一定要盡可能吊人胃口，讓讀者心焦難耐。

冗長的說明好不容易告一段落，凶手的名字仍未出現。

「所以，凶手到底是誰？」

卍家的當家——市之介老先生環視大廳，「照你剛剛的描述，這裡並無符合所有條件的人啊！」

「有的，而且只有一人。」天下一回答：「其實我煩惱許久，遲遲找不出凶手，後來才發現，問題出在我一直被某個大前提蒙蔽。這次案件的凶手，其實——」天下一筆直看著我，「就是你吧，大河原警部。」

眾人一陣騷動，然後厚重的沉默降臨。

我凝望著天下一，悔恨交加地緊蹙雙眉，垂下頭。我不想多做辯解，畢竟我比誰都熟悉天下一，比誰都明白他的推理多麼嚴謹周密。我能做的，只有乾脆地承認罪行。

我好一段時間低頭不語，天下一則繼續演說，完成最後的解謎。名偵探完全看穿我的犯案動機，一切都是爲了保護我寶貝女兒的性命。

「眞是服了你！天下一，不愧是名偵探，我果然贏不了你！」我抬起頭注視著他。

「我實在很不願意相信這個事實。我還想再多跟你……再多跟大河原警部一起辦案啊。」

我們望著彼此，鄭重握手。

「好了，帶我走吧。」我向一旁的巡查發話，年輕員警戰戰兢兢地拉開大廳的紙門。我走到門口，回頭對天下一說：「眞捨不得，這下子『天下一系列』也要結束了。」

「『天下一系列』還會繼續下去。」

「呵，很難講吧……」我冷笑著。

這系列或許還能撐一陣子，但不會長久。因爲連身爲要角的我——最不可能是凶手的人物，都被作者拿來當凶手，顯然他已是黔驢技窮。雖然不便大聲嚷嚷，淪落到用上這種毫無技巧的方式製造意外性的作家，遲早會陷入瓶頸，再也變不出把戲。

「一定會繼續下去！」大廳裡只剩天下一兀自吶喊。

# 十

## 最後的抉擇——名偵探在那之後

連本系列要角（大河原警部）都成了凶手的現在，
這部作品還能變出什麼意外性？

大型遊艇以一定的速度朝孤島前進。

那座島位於日本海，爲私人擁有的無人島。島主名叫西野刑吾，是聞名世界的超級有錢人，個性古怪也是赫赫有名。

西野刑吾突發奇想，要在這座無人島上的別墅舉辦派對，但似乎不是一般的宴會，受邀的賓客僅有十人。至於這些人選是如何挑出來的，目前仍不得而知。

「眞搞不懂西野先生到底在想什麼！」

我獨自站在甲板上，身後傳來話聲，應該是在向我搭話。於是我回頭一看，一名方臉的中年男人衝著我微笑。

「失禮了，我應該先自我介紹。」男人遞出名片，上頭印著某某律師事務所。這人名叫二宮欽次，是個律師。

「您好，我是……」我也將手伸進格子西裝口袋，雖然很清楚那裡並無名片。最近手頭緊，沒錢印名片。「啊，不好意思，我的名片用完了……」

「不要緊，」二宮搖搖手，「您的事我清楚得很。您就是那位頭腦明晰、行動力超群的名偵探——天下一大五郎吧。」

「不敢當。」我點頭回禮，心裡嘀咕著——先生，你還漏了個「博學多才」。

「您與西野先生的交情很好吧？」二宮問。

「也不算是交情啦。西野先生曾委託我辦案，當時他被捲入一場『不可能的犯罪』，警方束手無策，他便找上我，最後謎團自然是由我完美解開。」我不禁面露得意之色，畢竟那是經手的謎團中數一數二難解的。

「哦，是『密室殺人』嗎？」

「差不多是那類的。」

「哇，失敬、失敬。」二宮看著我，不懷好意地微笑：「您眞是了得啊！」實在是惹人厭的笑容。「那麼，您與西野先生的關係是……？」我反問道。

二宮略略挺起胸膛，「這個嘛，和您的狀況有點類似。那次是西野先生的親戚牽扯上命案，說得明白點，他的親戚被當成嫌犯。」

「是喔。」

「於是西野先生找上我，希望我幫忙證明那個親戚的清白。我仔細分析整起案件，站上法庭爲當事人的清白辯護，最後成功揪出眞凶。那起案子又稱『義肢殺人事件』，當年轟動一時，不知您是否記得？」

「我沒聽過耶。」

「這樣啊。」二宮心裡似乎不甚痛快，「總之，歷經那起案件，西野先生一有事就會來拜託我。」

「那還眞是了不起。」

「哪裡，要說了不起倒也……眞是了不起呢！」他又挺起胸膛。

我們閒聊之際，遊艇抵達無人島。

船長確認所有乘客都上了碼頭，旋即發動引擎離去。我們一行人站在碼頭，目送遊艇漸漸遠去。

「有種被遺棄在這裡的感覺。」一名標準上班女郎氣質的女子雙手插腰，風吹拂著她的栗色頭髮。「接下來呢？要做什麼？」

「邀請函附有地圖。」一名身材高䠷、額頭飽滿的男子叼著菸斗，「上頭寫著，從碼頭徒步前往別墅約十分鐘。」

「沒人來接我們嗎？」揹著相機包的男子四處張望。

「看樣子是沒人來接，眞是的，對老人家這麼不體貼。」一臉窮酸相的老先生咳了起來。

「沒辦法，我們散步過去吧。」穩重的老太太安慰著老先生。

「走吧，抱怨不如行動。」瘦削的中年男人迅速邁出腳步。

於是，我們朝別墅移動。我暗忖著這群人究竟是何方神聖，大家似乎互不相識。

西野刑吾的別墅蓋在面海的山崖上，原本以爲會是度假小屋風格的摩登建築，不料只是一棟絲毫感受不到主人誠意的立方體建築。乍看像紅磚砌的外牆僅是壁磚貼出來的，整體讓人不自覺聯想到老舊的監獄，只差窗戶沒嵌上鐵欄杆。

「什麼嘛，眞是殺風景的建築！」賓客當中最年輕、看似女大學生的女孩出聲。

入口鐵門敞開，玄關貼了張紙條，寫著：

「歡迎光臨。請直接入內，門沒上鎖。」

門的確沒上鎖，我們自然地互相禮讓一番，陸續進入屋內。

來到玄關大廳，眼前是一道對開的大門，裡面應該就是餐廳，中央有張巨大的餐桌。

湊近一看才發現，原本以爲是圓形的餐桌，其實是九邊形的桌子，桌上放著一張紙條，標明每個人分配到的客房號碼。客房似乎都位在二樓。

「總之，大家先把行李拿去房間吧。」二宮律師說著，順著一旁的階梯上樓。

餐廳的天花板挑高至二樓，上二樓的階梯接到迴廊。從迴廊能俯視整個餐廳，沿迴廊並列著一間間的客房。

我走進自己的房間。這間房位於東北角落，只有一張床和一組小小的桌椅，窗外看得見海景。

我放下行李，回到一樓餐廳，其他人也陸續下樓會合。

「奇怪，」上班女郎一臉納悶，「椅子只有九張。」

「咦，對耶。」

「眞詭異……」

眾人面面相覷。目前餐廳聚集九人，對應到眼前的九邊形餐桌與九張椅子剛剛好，但實際上受邀的賓客共有十人。

「嗯……誰還沒下樓？」老先生環顧四周。

「是那個臉圓圓的胖阿伯！」女大學生應道。

「我們去看看吧。」二宮律師立刻起身，所有人跟著站起。大家心中似乎都有相同的預感。

二宮敲了敲房門，房內沒回應，於是他直接打開門。

只見圓臉的胖男子，背上刺了把刀，死在床上。

大家決定先自我介紹。除了我與二宮律師，其餘登場人物的資料如左方列表，讀者諸君可視爲他們在本篇小說裡的登場順序。

三木廣美……女記者
四條博之……推理小說研究者
五島大介……自由撰稿人
六田仁五郎……沒事幹的老先生
七瀨敏……沒事幹的老太太
八代新平……作家
九重美路菜……女大學生

遭到殺害的，是十文字忠文。三木廣美與四條博之在遊艇裡曾與他攀談，據他們說，十文字是神父。

「西野先生會結識神父？我以爲他是佛教徒。」八代質疑。

「他們會認識，和信仰沒關係。」四條解釋：「十文字神父說，他在西野先生的朋友被捲入某椿命案時給了一些建言，之後便和西野先生成爲朋友。」

所有人霎時面露訝異之色。

「那不是和我的狀況一樣嗎？」出聲的是自由撰稿人五島大介，「我也是這麼結識西野先生的。哎，提到當年那起『茶臼山殺人事件』，要不是我出面解決，眞相可能至今仍在五里霧中。」

「談到解決案子，我也有經驗。」三木廣美睜大雙眼，「我曾在追蹤報導某起案子時，發現其中的矛盾，揪出眞凶。」

「哦，那麼我也有發言的資格。之前，西野先生曾爲一起凶殺案來詢問我的意見。雖然沒親眼目睹命案現場，光靠著他告訴我的情報，我便推理出凶手是誰，事後證實的確是那傢伙。」作家八代新平亢奮地表示。

「哎，我也是！」七瀨敏老太太插嘴：「我邊織毛衣邊聽委託人敘述，當天就把案子給偵破。」

「那算什麼，我曾在酒吧以喝一杯酒的短短時間，解決某起羅生門案件。」六田仁五郎老先生開口。

接著，推理小說研究者四條不服輸，聊起自身宛如思考機械般，百分之百靠著邏輯推演便推理出眞相的功績。九重美路菜則是揭露，她憑藉女性魅力與行動力，偵破某犯罪組織的光榮事蹟。二宮律師自然不甘寂寞，連忙將方才在遊艇上對我說的話重複一次。當然，我也發表往昔的豐功偉業。

「嗯，這樣看來……」八代環視所有人，「受邀前來的，都是曾偵破命案的人。」

「以推理小說的視角，就是飾演過偵探角色的人嘍？」三木廣美意有所指地笑著。

「這下有趣了，現場有十個偵探。」二宮回應。

「是九個。」五島訂正道：「死一個了。」

「換句話說，案件早已揭開序幕！」女大學生九重美路菜的眼神頓時亮了起來。

「看樣子，西野先生的企圖十分明顯。」四條像要強調自身的冷靜，沉穩地說：「他打算讓我們在這裡進行一場推理大戰。」

「相當有意思，爺爺我最近沒遇上什麼謎團，正閒著發慌。」

「我也是，喔呵呵呵……」

所有人的視線在空中交會，碰撞出激烈的火花。

眾人決定先解決晚餐。廚房裡貼了張紙條，簡單交代在冰箱與倉庫裡囤放足夠的糧食，葡萄酒則放在地下室。我們並未特別推選掌廚者，所有人都參與備餐。話雖如此，還是女性比較活躍。三木廣美與七瀨敏俐落決定晚餐的菜色，視需求將工作分配給大家。只是，九重美路菜似乎不太會做菜。

「奇怪，」負責擺放餐具上桌的五島開口：「盤子少一個！」

這話引起在場所有人的注意。的確，裝前菜的小碟子只有八個。

「湯碗不夠！」三木廣美說道。

「湯匙少一支！」七瀨敏出聲。

「咖啡杯也是！」八代喊道。

「喂，確定所有人都在這裡嗎？」二宮問。

眾人迅速掃視彼此的臉——少一個人。

「只有那位推理小說專家不見了。」六田老先生也察覺不對勁。

「他剛剛說要去地下室拿葡萄酒。」

聽到九重美路菜的話，大夥一同衝向通往地下室的樓梯。

第二具屍體被吊在地下酒窖裡。

後來，這一頓晚餐，只簡單準備烤牛肉和淋了醬汁的生菜沙拉。唯獨葡萄酒由於收藏種類豐富，眾人各自開了喜歡的來喝。不愧是個個擔任過偵探的人物，即使接連發生兩起命案，依然能冷靜無懼地享受晚餐。

「唔，先遇害的是神父與推理狂……這謎團該如何解……」六田老先生大聲嚼著牛排，兀自咕噥。雖然壓低聲音，應該是刻意講給其他人聽的吧。「第一個是刺殺，第二個是絞殺。後者死於上吊，但恐怕不是自殺。」

沒人回應老先生的自言自語，不過，大家想必都已各自展開推理，暗下決心——就算想到什麼，絕不會蠢到透露給其他競爭者。

「就作者的立場，先殺掉那兩人是正確的。」五島大介毫無預警地跳離小說的世界。他似乎有點醉意，但也可能是演技。

「哦，此話怎講？」七瀨敏問。

「就算讓他們活著，在後續的故事裡恐怕也無法勝任偵探的角色。一個是神父，一個是推理狂，又不是在寫古典本格推理，這個時代還選這種人當主角未免太落伍。」

「姑且不論神父，以推理小說專家當主角會很落伍嗎？」作家八代不以爲然，他可能也寫推理小說吧。

五島重重點頭，「擁有專門知識，不代表能夠應用在實務上，所謂的專家大多是走不出象牙塔的蠢蛋。正因自詡爲專家，一有狀況就想拉進擅長的領域處理，反倒淨做出一些偏離眞相的推理。」眞是夠嗆的意見。「不過，接下來應該是行動派當道吧。一名偵探的優劣，關鍵在於能憑自己的眼睛與耳朵獲取多少情報。」

「的確。」三木廣美同意五島的意見，「我也覺得紙上談兵型偵探的時代已結束，往後得以行動力一決勝負。所以，像我這樣時常與情報接觸的人，才最適合扮演偵探的角色。」

自由撰稿人與新聞記者果然氣味相投。

安樂椅偵探組也不甘示弱。

六田老先生張著沒剩幾顆牙的嘴，呵呵地笑：「愈是沒智慧的人，愈會否定智慧的價值。要解開殺人之謎，等於得解開人與人之間的謎團。換句話說，擁有豐富的人生經驗、透徹理解人心爲何物，才最適合擔任偵探。滿口情報、情報的有什麼用？要看破眞相，實際上需要的情報只有那麼一丁點，而且總是存在於大家都看得到的地方。眞正偉大的偵探，才不會白費力氣，像無頭蒼蠅般亂飛。」

老先生說完，殷切望向身邊的七瀨敏老太太徵求附和，只差沒吐出：「老伴，妳說是吧？」

「解明眞相的確需要人生經驗，這是眞理。」老太太果然站在老先生那邊，但接下來就不同了。「可是，在情報不足的狀況下進行推理，則是罪惡，我絕不會幹那種事。」

遭到老太太背叛，六田老先生的臉色大變，還沒來得及回嘴，律師二宮緊接著開口。

「哦，七瀨老太太的意思是，您總是能夠取得充分的情報？」二宮的語氣充滿揶揄，「我以爲您只是窩在家裡織毛衣而已。」

「我的外甥是警部。」七瀨敏一臉驕傲地答道：「每次一發生案件，他都會告訴我很多情報，相當倚賴我的推理。」

「原來是走那個模式啊。」二宮毫不掩飾嫌惡的神色，「說到底，不過是推理作家想輕鬆塑造系列角色的老套公式——朋友是警官、家人是刑警，不然就是情人或配偶是搜查一課的警部，這麼一來，偵探角色自然能與案件搭上線，情報也能輕易取得。而且，那些好用的伙伴，總會哭喪著臉，抱怨單憑警方的力量無法解決案子，一邊將搜查機密向一般民眾嘰嘰咕咕、嘰嘰咕咕地說個不停。拜託，天底下哪有這樣的警察？……當然，我指的『天底下』是小說以外的世界啦。」

面對二宮的砲火，七瀨敏撇嘴沉默著，沒多久又開始反擊：「我的狀況確實非現實了些，不過，我只是將推理說給外甥聽，還算客氣的吧。眞正過分的，應該是那種仗著親友在警界擔任要職，自以爲握有尙方寶劍，老是假警方之威進行搜查的偵探吧！」

「咦，」三木廣美眼角一吊，「有那麼不要臉的？」

「有呀，就在妳身邊。」

所有視線集中到三木廣美身旁的五島大介身上。

「等等，請等一下……哈哈哈，各位別這樣。的確，我哥哥是警視正，不過我都是憑一己之力進行搜查與推理，絕對沒有濫用警察的公權力。」五島辯解著，頻頻觀察三木廣美的反應，似乎對她有意思。

「哼，很難講吧。」八代點了根菸，「聽說一般讀者都很期待拔出尙方寶劍的瞬間。你會獨自進行搜查，只是要讓他們更期待你拔劍的那一刻吧。」

「胡說八道，推理才不是那麼你情我願的事！」五島突然想起什麼，「提到你情我願，不是有那種模式嗎？大外行偵探自稱是刑警的女友之類的，卻恬不知恥地插手搜查，那才眞是在扯日本推理的後腿，罪孽深重！」

聽來，是在暗指九重美路菜。

「等一下，你是在說我嗎？」果不其然，美路菜拍桌站起。

但她的臉色不自然地泛青。我暗想，一定出事了。

美路菜形狀姣好的雙唇終究沒吐出任何反駁的話語。她一起身，臉便痛苦得皺成一團。眾人一片啞然，美路菜就這麼斷氣，明顯是毒殺。

「不好了，這是第三起殺人！」八代一聲大喊，所有人瞬間回到小說的世界。

接著又傳出「嗚哇啊啊啊」的慘叫。回頭一看，六田老先生抓著喉嚨，神情痛苦地倒下，數秒後就一動也不動。

抵達別墅不到半天，就有四人被殺，這種狀況只能以「異常」形容。這群外行偵探的任務，便是演活對周遭疑神疑鬼的登場人物，但麻煩的是，他們都深信自己才是眞正的偵探，滿腦子只想著揪出凶手，根本不怕下個死者可能是自己。

「以目前的發展看來，應該是按照阿嘉莎．克莉絲蒂的《一個都不留》(*1)模式進行，沒錯吧？」率先打破沉默的是三木廣美。

「大概吧。」八代說。

「那麼，凶手就在我們當中……不，非在我們當中不可。到這個節骨眼，若凶手是後來冒出的新角色，讀者會生氣的。」

「可是，作者打算怎麼安排結局？套用這個模式的作品，恐怕再怎麼寫也寫不過克莉絲蒂。」

「重點就在這裡，我覺得作者一定有某種考量。」八代露出意有所指的笑容，卻絲毫不打算闡述自己的推理。一群人再度陷入沉默。

「話說回來，」二宮發言：「作者早早清理掉那個女大學生是很明智的。那女孩出現在本格推理的舞臺上實在有點突兀，故意讓女大學生或女高中生當偵探，將作品塑造成簡單輕鬆的推理，以擴大女性讀者群——現在不流行這種手法啦。」

「的確，新書開本(*2)的小說，很多都是這類的。」七瀨敏點點頭。

「這種手法的確開拓不少新讀者層，但出版社想撈錢的企圖太明顯。如今再寫這種類型的書，讀者根本不會買帳。」二宮斬釘截鐵地說道。

「我們的作者沒蠢到那種地步吧。」八代也笑了。

畢竟死無對証，說起不在場的人的壞話時，這群人的意見倒是相當一致。

「提到新書開本的小說……」二宮環顧周遭，「那個自由撰稿人去哪裡？」

*1 即Agatha Christie（一八九〇—一九七六）的《And Then There Were None》（一九三九）。

*2 原文為「ノベルス判」，又名「新書判」，日本戰後興起的書本尺寸，173×105mm。

「眞的耶，人怎麼不見了？」

三木廣美話聲剛落，槍聲便響起，所有人立刻站起。

「在浴室那邊！」二宮一馬當先，衝了出去。

五島大介額頭淌著血，倒在浴室的更衣間。

「唉，」二宮感嘆：「觀光名勝殺人事件的專家，這次也只能當個配角。」

「槍聲響起時，所有人都圍在餐桌旁聊天，對吧？」三木廣美發言。

或許她是想以此主張凶手另有其人，不過這種「不在場證明」詭計，只要使用錄放音機便能輕易製造。

「話說，阿婆怎麼沒跟過來？」二宮回頭看，「奇怪，作家也不在。」

「不妙！」

「我們回去瞧瞧吧！」

回到餐廳，只見七瀨敏老太太趴在桌上，早已沒了呼吸，後頸插著一支冰錐。作家八代倒在廁所旁，手上捏著抽到一半的菸。

「看來，菸裡被下了毒。」

「原來如此。」二宮點點頭，「我以爲八代會晚一點遇害。」

「我倒是多少能理解。就作者而言，讓推理作家擔任偵探角色，其實滿難爲情的。作者恐怕最明白，推理作家一旦面對眞實案件，其實是毫無推理能力的。」

「話說回來，一下就只剩三個人。」三木廣美應道：「還算是穩當的三個人啦。」

「穩當……嗎？這篇又不是社會派推理，在本格的世界裡，很少讓新聞記者當偵探吧。」

「咦？」三木廣美斂起笑容，「這種話，還輪不到像你這般該待在法庭推理世界，卻硬是走錯棚的人來講吧。」

二宮正打算反脣相譏，四下突然陷入黑暗。

「呀！」

「停電了！」

然後是兩聲槍響。

燈光大概只熄滅一分鐘，之後整間餐廳又亮起來。

地上躺著遭槍殺身亡的律師與女記者的屍體。

而我的眼前，站著一名男子。

「原來是你幹的。」我面向推理小說研究者說道。

四條看著我，輕輕搖了搖頭，露出難以言喻的表情。乍看是笑容，不知怎地，卻令人感受到一股深沉的悲哀。

「不是我喔，天下一。」他開口：「把案件搞成這種局面的凶手，怎麼會是我？」

「當然是你！你毫髮無傷地站在我的面前，就是最佳的證據。你明明是第二名犧牲者，早就死在酒窖裡，現在卻活生生出現在此。換句話說，你先前是佯裝遇害，而裝死的動機再簡單不過，因爲你就是凶手！」

我話還沒說完，四條頻頻搖頭。「我並未佯裝遇害，我等一下才會遭人殺害。」說著，他拿出菸斗點燃菸絲，呼出淡紫色煙霧。「而即將殺了我的人，就是你啊，天下一。」

我不禁笑出來，「你在胡說什麼！我幹麼要殺你？」

但他似乎不是開玩笑，沉靜回答：「因爲，你就是整起案件的凶手。」

「你在亂扯什麼！怎麼可能！」

「不，你就是凶手。將你剛才對我說的話原封不動地奉還，便能解釋一切。你早已被殺，如今卻出現在這裡，證明你就是凶手。」

「愚蠢至極，我什麼時候被殺？」

「你剛剛自己說了呀，第二起命案就發生在地下酒窖。」

「在那裡被殺的是你吧！」

「不，不是我，而是你。要是不相信，回頭重讀一次吧。」

我回溯小說的世界，重讀一遍在酒窖發現屍體的段落。

「如何？」四條開口：「那起命案從頭到尾都沒出現我的名字吧。」

「可是，他們口中的『推理小說專家』，不就是……」

「我的確是推理小說研究者，但不是專家。提到『專家』，天下一，除了你還有誰？」

「你在胡扯些什麼！」

「順便把其餘部分也重讀一遍吧！你仔細看，從酒窖命案之後，你一句話都沒說，也沒有任何描述顯示你與大夥在一起。從文章敘述的方式來看，不過是早早佯裝遇害的你，躲在一旁偷窺眾人的行動罷了。」

「要這麼說，」我指著四條的鼻子，「你的立場還不是一樣！你沒有說任何話，也無法證明你一直和大家在一起，把推理小說研究家稱爲『專家』更是極有可能的事！」

四條苦笑著點點頭，又抽一口菸。「這倒是。故事演變成現在這個局面，我們當中的誰是凶手都說得通。」

「那我只能道聲抱歉，請你接下凶手的角色。我可是偵探，而且是這個系列小說的主角。」

「問題就出在這裡！」四條恢復嚴肅的神情，「你是系列小說偵探的這一點，正是扭曲故事的最大原因。」

「扭曲？」

「沒錯。這次接二連三出現死者，讀者卻絲毫感受不到懸疑或恐怖，原因就出在你身上。由於你是系列小說的偵探，無論故事中出現多少在其他小說裡扮演偵探的人物，讀者仍會認定主角是你，也心知肚明你絕不會是凶手，更不會被殺害。不僅如此，讀者早知道在故事的最後會由你解開謎團。你覺得這樣正常嗎？閱讀小說真正的趣味，不是應該建立在『不知道接下來會發生什麼事』的期待感上嗎？」

「的確常有人這麼說，可是，縱使必須犧牲那份驚奇帶來的閱讀樂趣，讀者仍非常期盼有所謂的系列偵探呀！」

「我承認讀者的確強烈期盼系列偵探的存在，但也要看時機與場合。我讀過好幾篇作品，勉強讓系列偵探為了出場而出場，反倒破壞整篇作品，這次的故事就是一例！坦白講，在這次的故事裡，你根本沒必要出場，你是不被需要的角色！」

「不被需要……」

腦袋響起猛擊大鼓發出的聲響，那是我心臟的鼓動。

「讓我拋開『推理小說研究者』的頭銜，以一介讀者的身分說句話。」四條語氣沉靜：「要拯救這篇作品，方法只有一個，就是徹徹底底推翻讀者深信不移的前提——系列偵探絕不會遇害身亡，系列偵探絕不是凶手。換句話說，你必須是凶手才行，對吧？」

我無言以對，腦中一片混亂。

不被需要的角色？是指我嗎？我這個「名偵探天下一」系列的主角嗎？

「接下來就交給你了。」四條說。

話聲剛落，他突然開始痛苦掙扎，雙手抓著喉嚨，菸斗掉落，不支倒地。只見他兩眼翻白，口吐白沫。

我撿起他的菸斗。看來，作者設定在這個菸斗裡下毒。

而下毒的正是我——是這樣嗎？

就在此時，我感覺胸口卡著一個東西。不，正確來講，是在西裝外套的內袋一帶。

我的手伸進內袋，傳來冰冷堅硬的觸感。我將那東西拿出口袋。握在我右手的，是一把散發黑色光芒的手槍。

爲什麼我會拿著這個東西？我打算拿來做什麼？

當我在心中自問的同時，手也舉了起來。槍口頂著我的太陽穴，手指扣在扳機上。

此刻，我該扣下扳機嗎？

扣下去，便能成就這個故事嗎？

扣下去，本格推理就能得救嗎？

究竟會怎樣呢？

究竟會怎樣呢？

（全文完）

# 初出處一覽

〈序幕〉——《小說新潮》一九九〇年十月號（原〈配角的憂鬱〉前半部）
〈密室宣言〉——《小說新潮》一九九一年六月號
〈意外的凶手〉——《小說新潮》一九九二年六月號
〈孤立宅邸之必要〉——《IN★POCKET》一九九三年二月號
〈最後的一句話〉——《IN★POCKET》一九九三年七月號
〈不在場宣言〉——《臨時增刊小說現代》一九九三年八月號
〈「花樣粉領族氤氳溫泉鄉殺人事件」論〉——《臨時增刊小說現代》一九九三年十一月號
〈支解之必要〉——《小說現代四月增刊號梅菲斯特》一九九四年
〈不能說的詭計〉——《小說現代八月增刊號梅菲斯特》一九九四年
〈要殺趁現在〉——《IN★POCKET》一九九四年十月號
〈「不公平詭計」的樣板作〉——《小說現代十一月增刊號梅菲斯特》一九九四年
〈禁語〉——《IN★POCKET》一九九五年三月號
〈談到凶器〉——《IN★POCKET》一九九五年七月號
〈終幕〉——《小說新潮》一九九〇年十月號（原〈配角的憂鬱〉後半部）
〈最後的抉擇〉——《小說現代八月增刊號梅菲斯特》一九九五年

解說

# 給本格推理的一封情書

張筱森

「那種謎團大可留到最後再處理，只要抓到凶手，再問他是怎麼弄成密室的不就好了？雖然我個人對謎底沒什麼興趣啦。」

「說實在的，以詭計吸引讀者這套早就過時了。你說這是密室之謎？呵呵，眞是老掉牙到讓人連嘲笑都懶得笑。」

——〈密室宣言——詭計之王〉

多年前（眞的很多年了，多到我想不太起來……）第一次看完《名偵探的守則》時，我的感想與其說覺得有趣，不如說是五味雜陳、甚至憤怒的成分還大一點。大有「居然這樣嘲弄我最喜歡的推理小說，東野圭吾眞是不可原諒」的憤慨之情。當時甚至有種自己喜歡的作家也一併被修理了的感受。後來想想這也是自然的，因爲我喜歡的作家就是本格推理的創作者，他的作品當然含有被這本小說嘲諷的元素，畢竟就連東野自己也寫過有著傳統的謎團或詭計的作品。然而幾年下來，隨著時間經過，對於推理小說的理解多了一點之後，逐漸體會到《名偵探的守則》其實是東野圭吾獻給本格推理的一封纏綿悱惻的情書啊。這次重讀感受更深。

《名偵探的守則》是東野圭吾自一九九〇年到一九九五年間於數種小說雜誌上發表的作品，在一九九六年集結成書後，引起了諸多褒貶不一的討論，並拿下了當年的「這本推理小說了不起！」第三名、「週刊文春傑作推理小說BEST 10」第八名以及「本格推理BEST 10」前身《創元推理》的年度排行榜第六名。

正如書名中的「守則」二字所示，若本格推理小說構成要素之一的名偵探都有其必須遵守的規則，反推回去，本格推理中理所當然地存在更多作者和讀者雙方都必須理解並遵守的潛在規則。東野身爲一名居住在必須遵守歷史累積出來的規則創作，同時得從這些規則中找出新意的推理小說世界中的創作者，自然會留意到這些規則或許在多年的積累之下有著僵化、不自然的地方，若置之不理，可能就會從中產生類型本身的危機。

在這種情況之下，東野選擇的作法，若以Patricia Waugh的說法便是「以『諷刺』作爲一種文學上的戰略，企圖破壞習以爲常的規範。」(*1)的手法，放大檢視這些行之有年的規則，就像指出國王沒有穿新衣只是裸體的小男孩。然而類似在〈密室宣言——詭計之王〉中，東野藉由登場人物之口尖酸批評密室一番不說，就連身負解謎重任的天下一也對密室二字扭扭捏捏、不肯宣之於口的滑稽場面，或許不是人人都能接受，因此本書也很容易招致惡搞或是開惡質玩笑的批評。關於本書的接受度，日本評論家村上貴史有著精闢的看法：「在某種意義上，本書是讓讀者重新思考自身的『本格觀』的作品。對這部作品是單純付之一笑，或是在『滑稽』的背後感到不滿或憤怒，都可得知那人的本格觀爲何。可說是類似『踏繪』(*2)般的存在。」姑且不論看完這本書的我或是任何一位讀者的本格觀爲何，這部以尖酸的諷刺和嘲弄包裝的短篇集，其實正是東野自身對於本格推理小說的看法。

那麼東野難道是瞧不起本格推理嗎？我當年對這本書的憤慨之情，莫非正是因爲乍看之下東野在本作中表現出來對本格推理的輕蔑態度嗎？當然不是，曾經給予本書高度評價的北村薰在他於一九九七年所寫的〈因爲有愛才揮動鞭子嗎？〉(*3)一文中提到：「或許東野圭吾想說『毫無發展性、約定俗成的世界令我焦躁；同時我也無法忍受被看成自甘於這樣的世界』，這恐怕是他抱著『希望自己能被正確地評價』的自負寫下的作品。」

當然，東野自身在創作生涯的初期爲了能夠在競爭激烈的文壇生存下來，也寫過以詭計爲取向的本格作品。然而從九〇年便開始發表的此一系列，可視爲東野自身對於本格推理抱持的苦惱、以及他心中理想的本格推理該是什麼樣子的具體呈現。也就是說，東野並不認爲本格推理只

*1 出自Patricia Waugh所著《Metafiction》（一九八四）（《メタフィクション——自意識のメタフィクションの理論と実際》，結城英雄譯，一九八六）。

*2 在禁止信仰天主教的江戶幕府時代，政府會以人民是否能踏過刻有聖母瑪麗亞或耶穌的畫像的方法，藉以辨別其是否爲天主教徒。一八五六年廢止了這個作法。

*3 〈愛があるから鞭打つのか〉，收錄於《本格推理的現在》（本格ミステリの現在），笠井潔編，國書刊行會一九九七年出版。

能由《名偵探的守則》中嘲諷的那些陳舊的謎團和詭計構成，發展百年以上的本格推理不應該只是這樣的存在。因此，他選擇激烈的手段提出看法，並在一九九六年之後以一連串的傑作，就像讀者也非常熟悉的《惡意》（一九九六）來證明——本格推理不需有華麗的詭計、意外的犯人、詭異的氣氛、奇異的建築物等等小道具，仍舊能夠成立。

這裡再次引用村上貴史對東野圭吾的推理小說的評價，「東野圭吾對本格推理小說要求的並非古典的元素，而是『推理』的要素。從東野不喜歡使用『本格Mystery』而愛用『本格推理』或是『推理小說』的說法，也可看出東野對『推理』的執著。也就是說，對東野圭吾而言，作品的主軸最重要的是推理，而非密室或是暗號。」這段話精確地說明東野的本格觀，同時也呼應江戶川亂步對偵探小說的定義——「謎團主要和犯罪有關，並且追求透過邏輯推理逐漸解開謎團到達眞相時帶來的樂趣。」這也就是東野爲什麼要在《名偵探的守則》中以如此激進的方法來削弱本格推理的詭計或謎團的重要性。而東野的本格觀在《名偵探的守則》的續集《名偵探的枷鎖》中，有更爲深入的探討以及精采的示範，也讓我們一起期待續集的出版。

北村薰在前述的文章結尾提到，他仍舊喜歡東野圭吾在《名偵探的守則》中批判的本格推理，但他也不會感到不快，因爲他同時期待著東野寫出全新樣貌的本格推理。這同樣是身爲一個推理小說讀者（不過我並非熱愛華麗詭計的讀者）對東野的期望。

本文作者介紹

張筱森，喜愛所有恐怖和推理相關產品，目前任職於傳統產業。

國家圖書館出版品預行編目資料

名偵探的守則／東野圭吾著；林依俐譯. --
二版. - 臺北市：獨步文化, 城邦文化出
版：家庭傳媒城邦分公司發行，民108, 1
面；　公分. --（東野圭吾作品集；22）
譯自：名探偵の掟
ISBN 978-986-96952-9-9（平裝）

861.57　　　　　　　　107022251

# 東野圭吾作品集22 名偵探的守則

原著書名／名探偵の掟
原出版社／講談社
作　　者／東野圭吾
翻　　譯／林依俐
責任編輯／詹靜欣（初版）、陳盈竹（二版）

編輯總監／劉麗眞
總 經 理／陳逸瑛
榮譽社長／詹宏志
發 行 人／何飛鵬
出　　版／獨步文化
　城邦文化事業股份有限公司
　115台北市南港區昆陽街16號4樓
　電話：(02) 2356-0933　傳眞：(02) 2500-1951
發　　行／英屬蓋曼群島商家庭傳媒股份有限公司
　城邦分公司
　115台北市南港區昆陽街16號8樓
　讀者服務專線：(02) 2500-7718; 2500-7719
　24小時傳眞服務：(02) 2500-1990; 2500-1991
　服務時間：週一至週五上午09：30-12：00；下午13：30-17：00
　讀者服務信箱E-mail：service@readingclub.com.tw
劃撥帳號／19863813
戶　　名／書虫股份有限公司
香港發行所／城邦（香港）出版集團有限公司
　香港九龍土瓜灣土瓜灣道86號順聯工業大廈6樓A室
　電話：(852) 25086231　傳眞：(852) 25789337
馬新發行所／城邦（馬新）出版集團【Cite (M) Sdn Bhd.】
　41, Jalan Radin Anum, Bandar Baru Sri Petaling,
　57000 Kuala Lumpur, Malaysia.
　電話：(603)90563833　傳眞：(603)90576622
　E-mail: services@cite.my

封面設計／萬亞雰
排　　版／陳瑜安
印　　刷／中原造像股份有限公司
□2010年4月初版
□2024年3月20日二版三刷
售價／320元

Printed in Taiwan

《MEITANTEI NO OKITE》


ISBN 978-986-96952-9-9

城邦讀書花園
www.cite.com.tw